Roberto Andò

CIROS VERSTECK

ROMAN

Aus dem Italienischen von Verena von Koskull

Unkorrigiertes Leseexemplar

Erstverkaufstag: 23. Februar 2021
Gebunden mit Schutzumschlag
ca. 232 S., 13,5 × 21 cm
ca. € [D/A/I] 22,–
ISBN 978-3-85256-826-3
E-Book
€ 16,99
ISBN 978-3-99037-118-3

TransferBibliothek
FolioVerlag

Ich fürchte, weder Neapel noch die Wirklichkeit im Allgemeinen je richtig gesehen zu haben.

Anna Maria Ortese

Jeremias, der die Kinderspuren sah, sich auf den Boden warf und sie küsste.

Elias Canetti

1.

Splitternackt, den Blick wie jeden Tag starr auf einen gelblichen kleinen Fleck an der Wand gerichtet, sinnierte Gabriele Santoro auch an diesem gärigen Spätsommermorgen über die Wahl des Gedichtes, zu dem er sich rasieren würde. Seit einigen Jahren hatte er sich angewöhnt, während des Rasierens Verse zu deklamieren, ein Ritual, auf das ihn, ohne es zu ahnen, ein namhafter Neurochirurg gebracht hatte.

Während eines Abendessens bei Freunden hatte er das Tuscheln des Mediziners mit dessen Tischnachbarin belauscht, einer knackigen Dreißigjährigen, die betont aufreizend versucht hatte, die strotzende Libido des Mannes zu schüren. Die Koryphäe beschrieb ihr die Gedächtnisübungen, denen er sich während der Rasur zu unterziehen pflegte – Opernlibretti, Gesänge der *Aeneis* oder des *Orlando furioso*, endlose Volksreime –, und pries deren positive kognitive Effekte, da sich, so theoretisierte er, mit dieser Disziplin ähnliche Rezeptoren wie die des Dopamins aktivieren ließen, mit erstaunlichen Auswirkungen auf die Stimmung.

Seitdem hatte Gabriele Santoro angefangen, seine Lieblingsdichter noch einmal zu lesen und deren Verse je nach Verfasser oder Metrik leise oder getragen aus dem Gedächtnis zu rezitieren.

An jenem Morgen entschied er sich für *Ithaka* von Konstantinos Kavafis und befand, dass dieses Gedicht nach beherzter Innigkeit im Stil des Schauspielers Salvo Randone verlangte, dem er zum Ende seiner ruhmvollen Karriere noch bewundernd hatte applaudieren dürfen. Wie immer nahm er Haltung ein, um die Worte und Metren in den Spiegel zu sprechen, und hob flüsternd an:

Brichst du auf gen Ithaka,
so wünsch dir eine lange Fahrt,
voller Abenteuer und Erkenntnisse.
Die Lästrygonen und Zyklopen,
den zornigen Poseidon fürchte nicht,
solcherlei wirst du auf deiner Fahrt nie finden,
wenn hochgesinnt dein Denken, wenn edle
Regung deinen Geist und Körper anrührt.

Das nervtötende Schrillen der Gegensprechanlage ließ ihn abrupt innehalten, und mit eingeseiftem Gesicht lief er zur Tür, um zu fragen, wer dort sei.

Er nahm den Hörer ab, und eine Baritonstimme teilte ihm mit, da sei ein Päckchen für ihn. Er reagierte nicht sofort, erwog kurz einen Irrtum, doch dann tauchte aus dem milchigen Spiegel der Erinnerung die Partitur wieder auf, die er zehn Tage zuvor bestellt hatte: die *Symphonischen Etüden für Klavier op. 13* von Schumann.

Er drückte den Einlassknopf, riss die Wohnungstür auf, stürzte zurück ins Bad, spritzte sich hastig Wasser ins Gesicht, um es von der Rasiercreme zu befreien, und hastete wieder zum Treppenabsatz, wo sein Besucher gerade der Aufzugkabine entstieg.

Getreu einem eigentümlich eisernen Schweigegebot gegenüber Fremden unterschrieb Gabriele Santoro nach einem stummen Gruß die Empfangsbestätigung, wechselte mit Santino – die mächtige Statur des Boten trug den Diminutiv am Jackenkragen – ein abschließendes einvernehmliches Nicken und ließ ihn die Treppe hinab verschwinden.

Zurück in der Wohnung, öffnete er den Umschlag mit der gleichen Ungeduld, mit der er als Kind die elterlichen Weihnachtsgeschenke aufgerissen hatte. Eine schwellende Unrast, die sich erst mit der Inbesitznahme legte, gedämpft durch ein leises, zehrendes Gefühl der Enttäuschung, das sich regelmäßig bei Menschen einzustellen pflegt, denen die Phase der Erwartung kostbarer ist als die der Erfüllung.

Zurück im Bad, musterte er eingehend die frisch rasierten Hautbahnen auf Wangen und Kinn, blanke, glatte Blößen, die aus den großen, von stoppeligem, grauem Bartflaum bedeckten Flächen hervorleuchteten. Abermals verteilte er die Creme im Gesicht und fuhr fort, sich zu rasieren und zu deklamieren:

Immer halte Ithaka im Sinn.
Dort anzukommen, ist dir vorbestimmt.
Doch beeile nur nicht deine Reise.
Besser ist, sie dauere viele Jahre;
und alt geworden lege auf der Insel an,
reich an dem, was du auf deiner Fahrt gewannst,
und hoffe nicht, dass Ithaka dir Reichtum gäbe.

Ithaka gab dir die schöne Reise.
Du wärest ohne es nicht auf die Fahrt gegangen:
Was sonst erwartest du noch?

Genau. Was konnte er sonst noch erwarten? Während er der Mehrdeutigkeit dieser Frage nachsann, ließ er sich von der Erinnerung an einen Sommer vor vielen Jahren auf Patmos forttragen. Die Hitze dort war unerträglich gewesen, doch er hatte kein bisschen darunter gelitten, im Gegenteil, die Stunden und Minuten jener brütenden Tage waren in einer der Sorge und Mühsal enthobenen Fülle vergangen. Vielleicht war das die Erwartung, auf die der Dichter anspielte. Statt die Reise hervorzuheben und die Bedeutung des Ziels herunterzuspielen – eine Botschaft, die er stets als banal und irritierend empfunden hatte –, kam es darauf an, gegen den Würgegriff der Zeit aufzubegehren, was nur gelang, wenn man sich den Pflichten entzog und lebte, als wäre man bereits gestorben. Das Leben ist eine mörderische Abfolge von Enttäuschungen, es ist unser Ithaka. Die Langeweile fernhalten und den Wächtern der Zeit die Kontrolle über unseren Atem entziehen, das ist das Geheimnis des Lebens.

„Von Zeit allein kann man sich nicht ernähren, ohne Tod zu essen.“ Dieser durch und durch richtige Gedanke, der nicht zufällig von einer genialen Frau stammte, bedeutete ihm sehr viel.

Die nächste Phase, die des Ankleidens, folgte einem Ritual, das wie stets nach Akkuratesse und Nüchternheit verlangte, eine Mischung, die dem Maestro wie angeboren war. Als ahnte er die große Überraschung, die der Tag für ihn bereithielt, vernahm Gabriele Santoro, während er sich die Hemdmanschetten zuknöpfte, ein irritierendes Geräusch aus dem Arbeitszimmer und stand auf, um nachzusehen, ob wohl ein Fenster offen geblieben war, doch als er das Zimmer betrat, verdutzte ihn der unerwartete Anblick eines Buches auf dem Fußboden. Er bückte sich, um es in Augenschein zu nehmen – es war eine illustrierte Ausgabe von Rudyard Kiplings *Kim* –, blickte sich suchend nach einer möglichen Ursache um und wurde, als er keine schlüssige Erklärung fand, von einem Unbehagen beschlichen, das er erst rückblickend zu benennen wusste: Vorahnung.

Da klingelte es an der Tür. Er spähte durch den Spion und erblickte die hagere, unverwechselbare Silhouette seines Klavierstimmers. Abends zuvor hatte er ihn angerufen und dringend gebeten, vorbeizukommen und sich das Klavier anzusehen. Ein Wasserschaden hatte ihn vor einigen Tagen gezwungen, das Instrument vom Arbeitszimmer in den Eingang zu bugsieren. Als er es dann endlich wieder an seinen Platz gerückt hatte, hatte er beim Spiel eine leichte Verstimmung festgestellt.

Der Klavierstimmer hieß Nunzio und war körperlich wie charakterlich so knöchern, als wäre er aus Holz geschnitzt. Seine gepresste Emphysematikerstimme ließ ihn strenger erscheinen, als er eigentlich war.

Der Maestro bat ihn herein und führte ihn ohne viel Aufhebens zu dem günstig erworbenen, in Raten abbezahlten Steinway. Wie immer bat der Mann ihn als Erstes um die Erlaubnis zu rauchen, die er ihm wie immer erteilte.

Nachdem er sich gierig seine filterlose Chesterfield angesteckt hatte, öffnete Nunzio sein Köfferchen und holte drei absonderlich anmutende Werkzeuge hervor, einen Ringschlüssel, einen Keil und eine Stimmgabel. Dann ließ er seinen unter einer schweren Makulopathie leidenden Blick über die im Zimmer und in den Regalen herrschende Ordnung wandern und fragte, was es mit dieser Grabesstille auf sich habe.

„Zu dieser Tageszeit ist es immer ruhig", entgegnete der Hausherr knapp.

Tatsächlich verblüffte ihn die Feststellung, doch war sie womöglich als versteckte Anspielung aufs Alleinsein zu verstehen, und so verließ er, getreu einer alten Übereinkunft mit dem Klavierstimmer, das Zimmer.

Sogleich machte sich Nunzio an die Überprüfung des Instruments. Aus dem Nebenzimmer vernahm Gabriele Santoro das jähe Aufklirren eines übermäßigen Akkords, dann eine gehaltene Note, gefolgt von einer in leicht dissonanten Mikrotönen ausgeführten Septime. Schließlich versank die Wohnung in vollkommener Stille.

Einige Zeit später tauchte der Mann mit dem Köfferchen in der Hand wieder auf und verkündete, er sei fertig.

„Leben Sie allein?", fragte er neugierig.

„Ja", antwortete der Maestro, verwundert über das Schmunzeln des Mannes.

„Ich nicht", entgegnete Nunzio, „seit ein paar Jahren habe ich eine Katze. Und ich muss sagen, sie leistet mir gute Gesellschaft. Wieso schaffen Sie sich nicht auch eine an?"

In Windeseile ging Gabriele Santoro die Gründe durch, derenthalben er diese Möglichkeit nie in Betracht gezogen hatte, nicht zuletzt, weil er allergisch war, dann stand er abrupt auf.

„Wie viel schulde ich Ihnen?“, fragte er ungewollt brüsk.

„Nichts. Diesmal müssen Sie nichts zahlen“, entgegnete der Klavierstimmer obenhin und begab sich zur Tür.

„Warum nicht?“, fragte der Maestro überrascht.

„Aus Sympathie“, raunte Nunzio, öffnete flink die Tür und verschwand.

Ratlos grübelte Gabriele Santoro über den Grund dieser unverdienten Bezeigung nach, dann ging er gedankenversunken ins Arbeitszimmer, nahm am Flügel Platz und spielte eine der *Douze Études pour piano* von Debussy.

Von der Sanftheit des Timbres beschwichtigt, verbrachte er einen geschäftigen Tag mit dem Studium der Schumann-Partitur und zwei langen Telefonaten, eines mit seinem Vater, das andere mit einem überaus pedantischen Kollegen, dem Lehrer für Kontrapunkttechnik, einem armen Kerl, der sich, obwohl kurz vor der Pension, noch immer die abwegigsten Strategien ausdachte, um der Feindseligkeit seiner Schüler Herr zu werden.

Gegen acht Uhr, er bereitete gerade einen Sugo alla Puttanesca zu, wurde der Maestro einer seltsamen Unruhe gewahr, die von der Straße empordrang, und trat ans Fenster, unter dem ein ungewöhnliches und geräuschvolles Hin und Her im Gange war.

Einige Männer wuselten nervös aus dem Hauseingang auf die Gasse hinaus, sammelten sich in Grüppchen vor der kleinen Madonnenstatue, steckten murmelnd die Köpfe zusammen und verfielen in hitzige Diskussionen und Streitereien, die sogleich von einem mageren, schmierigen Kerl erstickt wurden, dem es offenbar zustand, die Streithähne zu trennen und zu einer Umarmung oder einem Kuss aufzufordern, um den wiedererlangten Frieden zu besiegeln.

Der Maestro beobachtete sie und überlegte, dass wohl etwas Schlimmes passiert sein musste (es war nicht ungewöhnlich, dass im Viertel Banden blutjunger Krimineller auftauchten), doch als sie wenig später endlich verschwanden, zog er den Vorhang wieder zu, wandte sich seiner halben Portion Spaghetti zu und wählte Schuberts *Oktett in F-Dur, D 803* als Hintergrundmusik.

Gabriele Santoro pflegte sich dem Hören in einer Art Dämmerzustand hinzugeben, den halb geschlossenen Blick eher nach innen denn auf die flüchtigen Unwägbarkeiten der Umgebung gekehrt. Gänzlich in die Musik versunken, befreite er sich endlich von seinem Ich und dessen übersteigertem Hang zur Vernunft.

In diesem Zustand durchlässiger Sinnesklarheit – bildlich mit einem spiegelglatten See vergleichbar – nahm der Maestro plötzlich einen sich regenden Schatten hinter dem Sofa wahr. Als er, unschlüssig, ob es sich um ein von Schuberts Meisterschaft heraufbeschworenes Gespenst oder eine der Müdigkeit geschuldete Sinnestäuschung handelte, die Augen öffnete, stand dort ein gewöhnlich gekleideter Junge mit heller Haut, kurzem, schwarzem Haar und tiefblauen Augen, die ihn, obschon sein Äußeres keinen Anlass zu der Vermutung gab, dass er älter als zehn Jahre war, mit geradezu erwachsenem Gleichmut musterten.

Einen langen Moment blickten er und der Junge einander reglos an. Dann erhob sich Gabriele Santoro abrupt, stellte mit einer brüsken Handbewegung den CD-Spieler ab und entriss das von der Erhabenheit des Augenblicks erfüllte Zimmer mit einem Schlag dem Pathos der Musik. Erst da nahm er die Angst in den Augen des Eindringlings wahr, und mit Unbehagen ging ihm auf, dass sich der Störenfried womöglich bereits seit geraumer Zeit in seiner Wohnung versteckte.

„Seit wann bist du hier, Ciro?“, fragte er denn auch als Erstes.

Er kannte den Namen des Jungen. Er war der jüngste Sohn des Mieters im Dachgeschoss, Carmine Acerno, eines zwielichtigen Typs, von dem er nicht einmal wusste, womit er seinen Lebensunterhalt verdiente. Zwar hatte er nie etwas mit diesen Leuten zu tun gehabt, doch ihr Jüngster hatte ihn schon immer neugierig gemacht. Das Kind besaß eine bedächtige, geradezu versonnene Anmut, die von dem vulgären Auftreten seiner Geschwister weit entfernt war.

Als er eines Morgens aus seiner Wohnung getreten war, hatte der Junge weinend dagestanden. Behutsam, um ihn nicht zu erschrecken, war er auf ihn zugegangen und hatte gefragt, was los sei. Der Kleine hatte etwas Unverständliches genuschelt und war weggerannt. Ein anderes Mal hatte er Ciro beim Spielen auf der Treppe beobachtet und war fasziniert gewesen von der blühenden Fantasie, mit der er sich, in Gespräche mit unsichtbaren Freunden vertieft, stundenlang allein beschäftigen konnte. Auch er hatte in seinem Alter die meiste Zeit mit nicht vorhandenen Freunden verbracht. Eigentlich war seine gesamte Kindheit eine grenzenlose, von erfundenen Wesenheiten spärlich bevölkerte Einsamkeit gewesen.

„Bin seit heut Morgen hier, als du im Schlafanzug warst“, sagte Ciro unvermittelt, ohne seine Angst zu verbergen.

Obwohl sie noch nie miteinander gesprochen hatten, war der Maestro nicht überrascht, dass der Junge ihn duzte. Er war also sehr früh in seine Wohnung eingedrungen – offenbar hatte er den winzigen Moment genutzt, als er dem Paketboten die Tür geöffnet und ins Bad zurückgekehrt war, um sich das Gesicht zu waschen, ehe der Aufzug das Stockwerk erreichte.

Er versuchte sich zu entsinnen, was sich seither ereignet hatte, und aus den nunmehr nebulös vorbeiziehenden Erinnerungen die intimen Handlungen herauszupicken, die der Blick dieses Unbekannten verletzt haben könnte.

„Du musst mir helfen", setzte Ciro flüsternd nach.

„Und wie?"

„Musst mich verstecken", sagte der Junge und machte einen Schritt auf ihn zu. Da bemerkte Gabriele Santoro, dass sein Besucher zitterte.

Er ließ sich das leise Schaudern, das auch ihn bei dieser Bitte überlief, nicht anmerken.

„Vor wem muss ich dich verstecken?", hakte er nach, woraufhin sich Ciros Miene vollends verdüsterte und ihm zwei dicke Tränen in die Augen traten.

Trotz der unüblichen Uhrzeit – es war zehn Uhr abends – klingelte es plötzlich an der Tür.

Instinktiv wechselten er und der Junge einen einverständigen Blick.

„Versteck mich", flehte Ciro noch einmal.

Ohne dass es einer Aufforderung bedurfte, folgte ihm der Junge ins Esszimmer und kletterte folgsam in den Hängeboden über dem Bücherregal, und Gabriele Santoro hastete zur Tür und legte das Auge an den Spion, vor dem zu seiner

Verblüffung Diego stand, ein ehemaliger Schüler, den er vor einiger Zeit für zwei kurze Jahre unterrichtet hatte und von dem sein Spitzname stammte, der seither im ganzen Viertel gebräuchlich war: *Maestro.*

Er konnte sehen, wie Diego einen auf den Stufen hockenden Typ mit hektischen, nervösen Handzeichen zum Gehen drängte. Der ließ sich ein Weilchen bitten, erhob sich schwerfällig, raunte ihm etwas ins Ohr und verschwand.

Gabriele Santoro wartete einige Sekunden und beobachtete, wie sich sein geheimnisvoller Besucher das Hemd zurechtsteckte. Dann öffnete er die Tür einen winzigen Spalt.

Auf dem Gesicht, das im Türschlitz erschien, lag ein aufgesetztes Lächeln:

„Störe ich? Wie geht es Ihnen? Ich war bei Freunden gleich um die Ecke und da habe ich gedacht, ich schaue mal vorbei und sage Hallo."

Gabriele konnte die Lüge wittern, die das Gesicht seines ehemaligen Schülers verriet, und deutete ein vages Nicken an. Er versuchte sich an ihre letzte Begegnung zu erinnern, als Diego ihn aufgesucht und ihm mitgeteilt hatte, das Konservatorium endgültig verlassen zu wollen. Sein Blick war noch immer der gleiche, nur ruheloser als damals.

„Ich bin gerade beschäftigt. In ein paar Tagen beginnt der Unterricht", grummelte er in unzweifelhaft abweisendem Ton.

Mit einem dreisten Lächeln spähte Diego in Richtung Wohnzimmer.

„Nicht einmal eine klitzekleine Minute haben Sie für mich?"

Dem Maestro blieb nichts anderes übrig, als ihn einzulassen und ihn aufzufordern, im Wohnzimmer Platz zu nehmen, doch der junge Mann lehnte ab. In seinem enganliegenden cremefarbenen Anzug stand er da und gaffte in den Flur, der zum Schlafzimmer und zum Bad führte.

„Ich hatte ganz vergessen, was für eine schöne Wohnung Sie haben", bemerkte er gestelzt.

„Danke", erwiderte Gabriele Santoro und überlegte, was er tun sollte.

„Ich schulde Ihnen einiges, Sie haben mich gelehrt, die Musik zu verstehen." Der Maestro bedachte die Schmeichelei seines Besuchers mit einem reservierten Nicken.

„Was machst du jetzt, Diego?"

„Ich leite mehrere Restaurants. Kann mich nicht beklagen."

Sie beäugten einander in befangenem Schweigen, das Diego mit einer unerwarteten Bitte brach.

„Darf ich Sie um einen Schluck Wasser bitten, wenn es keine Umstände macht?"

Ohne mit der Wimper zu zucken, begab sich Gabriele Santoro in die Küche, tunlichst darum bemüht, seinen ehemaligen Schüler nicht aus den Augen zu lassen.

Vom Hängeboden aus hatte der Junge die Begegnung von Anfang an durch einen Spalt beobachtet und konnte nun sehen, wie Diego unversehens aufsprang, verstohlen ins Schlafzimmer und ins Bad schlüpfte, dann zur Küche schlich und urplötzlich wie ein Geist hinter dem Maestro auftauchte, der gerade die Kühlschranktür schloss.

Der verdatterte Hausherr hielt in der Bewegung inne und zwang sich zu einem Lächeln.

„Was machst du hier, Diego? Ich hätte dir das Wasser schon gebracht."

„Ich wollte Ihnen keine Mühe machen."

„Ein Glas Wasser zu bringen macht doch keine Mühe!"

In einem gierigen Zug leerte Diego das Glas und ließ ein Rinnsal auf sein Hemd tropfen.

„Schön kühl." Er fuhr sich mit der Hand über den Mund und stellte die nächste Frage:

„Und wo steht Ihr Klavier?"

Gabriele Santoro ahnte, dass sein Besucher auf einen Blick in das Arbeitszimmer erpicht war, und forderte ihn kurz entschlossen auf, ihm zu folgen.

Als er sah, dass das Zimmer ebenfalls leer war, behalf sich Diego mit einer weiteren Bitte.

„Würden Sie wohl dieses Stück für mich spielen, das Sie mir in meiner letzten Stunde bei Ihnen vorgespielt haben?"

Er meinte das siebte Stück von Schumanns *Kinderszenen* mit dem Titel *Träumerei*. Der Maestro fragte sich, weshalb er es diesem für Musik gänzlich unempfänglichen Menschen vorgespielt hatte; in den Genuss kamen sonst nur solche, die ein Minimum an Talent zeigten. Nach einem kurzen Zögern nahm er in gesammeltem Schweigen auf dem Hocker vor dem Steinway Platz und schlug die ersten Phrasen der *Träumerei* aus dem Gedächtnis an. Als er das unbedarft schwelgerische Lächeln im Gesicht des jungen Mannes wahrnahm, brach er jäh ab und schloss den Klavierdeckel wieder.

„Diese Musik macht einen wirklich sprachlos", meinte der Schüler.

„Umso besser", versetzte der Maestro obenhin. Er stand auf, konterte den verdutzten Blick seines Besuchers und fügte hinzu:

„Kann ich sonst noch was für dich tun, Diego?“

Verlegen hielt ihm der junge Mann die Hand hin:

„Sie haben schon mehr als genug getan! Es hat mich wahnsinnig gefreut, Sie wiederzusehen, entschuldigen Sie nochmals die Uhrzeit, und danke für die Gastfreundschaft.“

Nach einem hastigen Abschied an der Tür konnte Gabriele Santoro endlich Ciro befreien.

Als er die Klappe des Hängebodens aufstemmte, kauerte der Junge mit blasser, verängstigter Miene da. Er fühlte ihm die Stirn und stellte fest, dass er glühte. Er brachte ihn ins Arbeitszimmer, klappte das Schlafsofa auf und bedeutete ihm, sich hinzulegen. Beim Fiebermessen bemerkte er, dass der Junge vor Schüttelfrost zitterte. Binnen einer Minute war das Quecksilber auf neununddreißigeinhalb gestiegen. Vielleicht hätte eine Aspirin-Tablette das Fieber senken können, doch vermutlich hatte Ciro seit dem Morgen nichts mehr gegessen. Also lief der Maestro in die Küche zum Kühlschrank, um nachzusehen, was er ihm zu essen machen könnte.

Während er die dürftigen Möglichkeiten abwog – außer einer tiefgefrorenen Minestrone gab es nicht viel –, war plötzlich Geschrei zu hören. Er blickte in den Hof hinunter und sah Carmine Acerno, der drei Leute anbrüllte, darunter Diego. Obwohl nicht genau zu verstehen war, was er sagte, war Ciros Vater sichtlich außer sich. Unvermittelt machte er einen Satz auf den ehemaligen Schüler zu, packte ihn beim Kragen und verpasste ihm eine Ohrfeige. Die anderen standen mit betretenen Mienen daneben, als warteten sie auf ihre Abreibung. Doch es blieb bei der einen Ohrfeige, und kurz darauf trollten sich die Teilnehmer der eigenartigen Zusammenkunft.

Ein paar Minuten lang stand Carmine da, dann ging er auf die Haustür zu, schaute unvermittelt auf und traf Gabrieles Blick. Sie musterten einander lange, dann wich der Maestro vom Fenster zurück.

Es werden dieselben Dinge passieren,
sie werden wieder passieren.
Konstantinos Kavafis

2.

Die ganze Nacht hindurch saß Gabriele Santoro im Sessel seines Arbeitszimmers, wachte über den Jungen und trat hin und wieder ans Bett, um das Fieber zu kontrollieren oder ihm die Decke zurechtzuziehen. Mehrmals hörte er ihn im Schlaf stöhnen, und als die Temperatur abermals stieg, legte er ihm nasse Lappen auf die Stirn.

Weil es ihn beschäftigte, nicht zu wissen, was los war, machte er sich den schwachen Moment des Jungen zunutze und fragte ihn nach dem Grund seiner Flucht. Doch wieder verkroch sich Ciro in undurchdringliches Schweigen und blieb ein Rätsel. Resigniert wartete Gabriele Santoro ab, bis dem Jungen die Augen wieder zufielen, und schloss ebenfalls die Lider.

Gegen fünf Uhr glitt er endlich erschöpft in den Schlaf. Als er nach zwei Stunden erwachte – die Uhr zeigte zehn vor sieben –, trat er zu dem schlummernden Jungen, berührte ihn und stellte fest, dass er sich kühler anfühlte. Erleichtert ging er ins Bad, um sich zu waschen.

Bedächtig und – sofern möglich – mit noch größerer Pedanterie, als er sie sonst bei seiner Morgenhygiene an den Tag zu legen pflegte, begann er sein Gesicht einzuseifen. Als sämtliche zu rasierende Partien mit Schaum bedeckt waren, betrachtete er sich im Spiegel. Ihm wollte kein Vers einfallen, nicht einmal einer von Kavafis. Als wäre die Dichtung der Welt mit einem Mal verstummt. Er musste an das verstörende Flehen in den Augen des Jungen denken, an die Wucht seines unergründlichen Blickes. Was wollten diese Augen? Vor wem hatten sie Angst? Und warum hatte er sich darauf eingelassen, ihn bei sich aufzunehmen?

Er ließ den Rasierer über die Haut gleiten und empfand dabei eine Art wundersame Verlangsamung der Zeit, als wäre die Welt plötzlich stehengeblieben und die Angst des Jungen in ihrem Innehalten ebenso verschwunden wie sein Drang, sie zu verstehen. Dieses Wunder vermochte ihm sonst nur die Musik zu bescheren. Die in einem unendlich komplexen Augenblick gebündelte Zeit, der den Sinn der Ereignisse wandelte und eine Ahnung dessen aufscheinen ließ, was die Zukunft bringen mochte.

Als er die Rasur beendet hatte, wusch er sich das Gesicht und stellte fest, dass er blutete. Ein winziger Schnitt unter der Lippe, eine Lappalie.

Um am Ritual eines gewöhnlichen Morgens festzuhalten, ging Gabriele Santoro zuerst bei Marianos Kiosk vorbei und kaufte sich eine Zeitung. Während er das geschuldete Geld abzählte – sie hatten eine monatliche Vereinbarung und es war der 30. September –, kam ein Mann auf den Kioskbetreiber zu, flüsterte ihm etwas ins Ohr, nahm dessen Kopf in einer vermeintlich herzlichen, aber versteckt bedrohlichen Geste fest zwischen beide Hände und verschwand.

Als sie wieder allein waren, wechselten er und Mariano einen Blick, der für gewöhnlich keinerlei Erklärung bedurft hätte. Doch an diesem Morgen wollte der Maestro nichts ungeklärt lassen, und als er die leise Angst im Gesicht des Mannes sah, mit dem er seit zwanzig Jahren seinen Tag zu beginnen pflegte, fragte er ihn, ob etwas nicht in Ordnung sei. Der Kioskbetreiber antwortete nicht sofort. Er steckte das Geld weg, trat aus dem Büdchen auf den menschenleeren Platz hinaus, stellte sich schweigend vor ihn hin und blickte ihn an.

„Der Sohn von Carmine Acerno is' verschwunden, Ciro", raunte er dann wie ein Bauchredner. „Die dreh'n völlig durch, um ihn zu finden. Und dann gehen sie mir damit auf den Sack, als wär' ich bei ihren Sauereien der Aufpasser."

Gabriele Santoro beschränkte sich auf ein Nicken.

„Wie ist er denn verschwunden?", fragte er gespielt beiläufig.

„Abgehauen", lautete die lapidare wie rätselhafte Antwort.

Die vermeintlich neutrale Information ließ Gabrieles Puls ein wenig schneller gehen.

„Wieso?"

Eine gewagte Frage, wusste er doch, dass die Grundhaltung des Viertels ein Übermaß an Neugierde nicht billigte. Tatsächlich verzog Mariano das Gesicht zu einer ohnmächtig betrübten Miene und breitete die Arme aus.

Unterdessen hatte es heftig zu regnen begonnen. Hastig und ohne, dass es eines weiteren Wortes bedurfte, gingen die beiden auseinander. Mariano verkroch sich wieder in seinen Kiosk, und als könnte die vom Himmel niederstürzende Sintflut seine Unrast fortspülen, machte sich der Maestro im strömenden Regen auf den Weg, um einen Kaffee zu trinken.

Als das Mädchen hinter dem Tresen ihn durchweicht und sichtlich verloren hereinkommen sah, drückte sie ihm eine Rolle Küchenpapier in die Hand und forderte ihn mit einem

Kopfnicken auf, sich notdürftig abzutrocknen. Gabriele Santoro lächelte dankbar, und um sie nicht zu enttäuschen, verdrückte er sich auf die Toilette.

Der Raum war klein und ungewöhnlich sauber. In dem winzigen runden Spiegel wirkte sein Gesicht so fehl am Platz wie ein vom Grund der Tiefsee geborgenes Wrack.

Er riss ein Stück Küchenpapier ab und betupfte seinen durchnässten Ärmel. Durch die Kabinenwand zur Damentoilette war eine heisere Frauenstimme zu hören, die jemandem von einem kürzlichen Vorfall berichtete.

„Die Ärmste liegt mit 'nem gebrochenen Oberschenkel und Schädelbruch im Cardarelli, ihr Zustand is' kritisch. Der steht mit einem Fuß im Grab, der Ciro. Carmine muss ihn finden. Den Rosario, den Sohn von Amitrano, haben sie sich schon geschnappt."

Dann, als hätte ihr Gegenüber sie zum Leise-Sein ermahnt, verfiel die Frau in einen Flüsterton, der zu einem unverständlichen Wispern verklang.

Begierig auf weitere Gesprächsfetzen, drückte der Maestro sein Ohr an die Kabinenwand, doch gleich darauf war die Klospülung zu hören, dann eine quietschende Türklinke und schließlich die sich entfernenden Schritte zweier Personen. Er wartete ein paar Sekunden, verließ dann ebenfalls das Bad und sah gerade noch, wie die beiden Frauen, von denen er eine als Ciros Mutter erkannte, durch die Eingangstür verschwanden. Er kehrte an den Tresen zurück und bestellte einen Espresso.

Als er die Bar verlassen hatte, begab sich Gabriele Santoro mit hypnotischer Langsamkeit zum Supermarkt, den er mit triefenden Kleidern betrat, womit er die entgeisterten Blicke sämtlicher Anwesender auf sich zog, vor allem der neugierigen Kassiererin, die es sich einfach nicht nehmen ließ, sich ständig in seinen Ernährungsplan einzumischen.

Tropfend steuerte er auf das Gebäckregal zu und wählte zwei unterschiedliche Kekssorten aus, Schokoladenplätzchen und Hagelzuckerkringel, dann setzte er seinen Einkauf fort, griff sich ein Glas Bio-Orangenmarmelade, eine Tüte Milch, Schmelzkäseecken, vier Steaks, eine kleine Packung Ricotta, Tomaten, zwei Mozzarellas, Obst, eine Tüte Chips, vier Dosen Cola und Brot.

„Haben Sie Gäste?", fragte die Kassiererin gewohnt vorwitzig.

„Nein, ich kaufe nur ein paar Vorräte, in den nächsten Tagen muss ich meinen Unterricht vorbereiten und werde wohl kaum dazu kommen, aus dem Haus zu gehen", erwiderte der Maestro gelassen.

„Ah", sagte die Frau nur und zog die Lebensmittel über den Scanner. Bei den Käseecken hielt sie inne.

„Die sollten Sie besser dalassen, die sind ungesund, ich hab mal eine Doku darüber gesehen, was die da alles reintun, sogar alte Schuhabsätze tun die da rein ..."

Der Maestro setzte ein verhaltenes Lächeln auf und gab ihr mit einer knappen Geste zu verstehen, sie einzulesen.

Als er wenig später seinen Hauseingang betrat, kam ihm Gaudenzi entgegen, ein netter Mann, der ebenfalls im Haus wohnte und im Postamt arbeitete. Gabriele grüßte ihn im Vorbeigehen, eilte mit baumelnden Einkaufstüten auf die geöffnete Fahrstuhltür zu und sah, dass bereits jemand im Aufzug stand: Carmine Acerno, Ciros Vater.

So nah war er ihm noch nie gekommen, bislang waren sie einander nur flüchtig auf der Straße begegnet. Der Mann war um die fünfzig und hatte ein rundes, glattes Gesicht, das in unergründlicher Stumpfheit versunken schien.

Wie üblich grüßten sie einander mit einem unmerklichen Nicken. Der Maestro schloss die Tür, drückte den Knopf seines Stockwerks – das vierte –, drehte sich hastig um, um dem Mann nicht den Rücken zuzuwenden, und hatte ihn so dicht vor der Nase, dass er seinen säuerlichen Dunst wahrnehmen konnte. Der Mann stierte ihn an, als wollte er seine Seele durchleuchten. Er sah aus, als hätte er ebenfalls die ganze Nacht kein Auge zugetan.

Um das spürbare Unbehagen zu überspielen und als wollte er die quälende Langsamkeit des Fahrstuhls messen, fing Gabriele Santoro an, mit der Hand metronomisch den Takt zu schlagen. Als er Carmines Blick nicht mehr standhalten konnte, sah er in den Spiegel und traf auf sein verschwitztes, müdes, verschrecktes Gesicht.

Mit einem Ruck hielt die Kabine auf dem Stockwerk, die Türen öffneten sich, und endlich konnte der Maestro mit rasendem Herzen aussteigen, doch als eingefleischter Perfektionist und fieberhaft darum bemüht, sich seine Verstörung nicht anmerken zu lassen, bedachte er seinen Mitfahrer mit einem letzten, förmlichen Nicken, ehe sich die Türen wieder schlossen.

Kaum war er in seiner Wohnung, stellte er die Tüten auf dem Boden ab und machte sich auf die Suche nach dem Jungen. Im Arbeitszimmer war er nicht. Vermutlich war er in der Küche. Doch nachdem er die gesamte Wohnung einschließlich des Hängebodens hektisch abgesucht hatte, musste er sich der unerfreulichen Tatsache stellen: Ciro war fort.

Ungläubig starrte er aus dem Fenster. Auf dem kleinen Platz stritten zwei Typen miteinander, Carmines übrige Kinder spielten Fußball, der Tabakladenbesitzer, das Hinkebein, stand vor der Ladentür und rauchte eine seiner täglichen fünf Zigaretten. Sonst war niemand zu sehen.

Niedergeschlagen und erleichtert zugleich ließ Gabriele Santoro sich in den Sessel seines Arbeitszimmers fallen, wo er bis elf Uhr sitzen blieb und seinen Gedanken nachhing. Er überlegte, ob der Junge wohl zu seinen Eltern zurückgekehrt und liebevoll von ihnen aufgenommen worden war. Nicht sonderlich überzeugt von dieser Vermutung und um die Nervosität loszuwerden, legte er in voller Lautstärke eine seiner Lieblingsplatten auf, die *Sonate für Violine und Klavier in A-Dur* von César Franck, gespielt von David Oistrach und Swjatoslaw Richter. Doch mitten im Allegretto gellte plötzlich der durchdringende Ton der Türklingel durch die Wohnung: einmal, zweimal, dreimal.

Er lief zum Spion, doch dort war niemand. Er wollte gerade kehrtmachen, als es wie wild an die Tür hämmerte. Hastig riss er die Tür auf und blickte in die eingefallenen Augen des Jungen, die ihn herausfordernd anstarrten. Er zerrte ihn in die Wohnung, spähte auf den Treppenabsatz hinaus, um sicherzugehen, dass niemand sie beobachtet hatte, und schloss die Tür.

„Bist du irre? Wo warst du?“, blaffte er mit mühsam unterdrückter Wut.

„Ich hab dich nicht gefunden und hab gedacht, du bist bei mein’ Papa.“

„Und wo hast du dich versteckt?“

„In der leeren Pförtnerwohnung, da bin ich immer mit Rosario.“

„Wer ist Rosario?“

„Mein Freund, Rosario Amitrano.“

Damit erschöpfte sich das Gespräch und wich einer stummen Feindseligkeit, die den ganzen Vormittag anhielt.

Gegen zwei Uhr kam der Junge zu ihm und verkündete, er habe Hunger, woraufhin der Maestro wortlos in der Küche verschwand, um ein Steak zu braten und Tomaten zu schneiden, und kurz darauf saßen sie noch immer wortlos bei Tisch und wechselten nur gelegentlich lange, fragende Blicke.

Als sie mit dem Essen fertig waren, fragte er Ciro abermals, wovor er davonlaufe. Und abermals blieb ihm der Junge eine Antwort schuldig.

„Also, deinen Freund, Amitranos Sohn, den haben sie schon geschnappt. Wenn du willst, dass ich dir helfe, solltest du mir besser sagen, was ihr ausgefressen habt.“

Bei dieser Nachricht erstarrte die Miene des Jungen zu einer steinernen Maske.

„Woher weißt du das?“, fragte er.

„Ich weiß es“, gab der Maestro lakonisch zurück. Ciro sprang auf, flitzte davon und warf sich aufs Bett.

Als er die nervöse Anspannung gegen vier Uhr nachmittags nicht mehr ertrug, beschloss Gabriele Santoro schweren Herzens, seinen Bruder Renato anzurufen, der Staatsanwalt war, und ihn um ein Treffen zu bitten, um mit ihm über die merkwürdige Misslichkeit eines Freundes zu sprechen. Der

Jurist schwieg einen langen Augenblick und entgegnete dann, er habe über ein Jahr nichts von ihm gehört.

„Du meldest dich nach so langer Zeit, um mich um einen Rat für deinen Freund zu bitten? Vielleicht sollten wir erst einmal unsere eigenen Angelegenheiten klären, meinst du nicht, Gabriè?“

Der Maestro hatte mit dem Unmut des Bruders gerechnet, er war darauf eingestellt, ein weiteres Mal das sinnlose Ritual zu durchlaufen, mit dem sie ihren Zwist zelebrierten und Probleme aufrührten, für die es nie eine Lösung geben würde. Also verabredeten sie sich für den nächsten Tag in einer Trattoria unweit der Staatsanwaltschaft beim *Centro Direzionale.*

Gabriele Santoro verbrachte die Nacht mit der halbherzigen Lektüre einer Ravel-Biografie, doch die meiste Zeit betrachtete er den schlafenden Jungen, als könnte er so hinter das unlösbare Rätsel gelangen, das in seinen Zügen aufschimmerte.

Als sie am nächsten Morgen beim Frühstück saßen, stellte Ciro ihm aus heiterem Himmel eine Frage, die ihn zutiefst verstörte: „Was hast du mit mir vor?“

Statt zu antworten, behauptete er, darüber habe er noch nicht nachgedacht. In Wirklichkeit hatte er die ganze Zeit nichts anderes getan, doch die sich überschlagenden Ereignisse hatten ihm nicht die nötige innere Ruhe gelassen, einen Plan zu schmieden.

Als er die Wohnung verließ, verabschiedeten sie sich voneinander, als würden sie schon seit einer Ewigkeit zusammenwohnen. „Ich muss was erledigen“, sagte der Maestro nur zu dem Jungen, der beklommen nickte. Auf dem Weg zur

Treppe fragte er sich, ob er ihn einschließen sollte. Ja, beschloss er, das sollte er, auch wenn er sich dabei wie ein Gefängniswärter vorkam.

Die Botschaften waren falsch,
(Oder wir haben sie nicht gehört oder
schlecht verstanden).

Kostantinos Kavafis

3.

Der Bruder war ein gutaussehender, nicht uneitler Mann. Gabriele betrat die Trattoria und blieb stehen, um ihn heimlich zu mustern und sich über das fragliche Thema noch einmal klarzuwerden, ehe er es damit aufnahm. Mit dem gemessenen Habitus eines Menschen, der sich stets im Zentrum der Aufmerksamkeit wähnt, schrieb der Staatsanwalt etwas in ein Notizbuch.

„Ciao, Renato“, sagte der Maestro verhalten. Langsam und mit kaum verhohlenem Unmut drehte sich der Angesprochene um.

„Du bist zwanzig Minuten zu spät, nicht ein einziges Mal geht es ohne deine Laxheit.“ Obwohl er der jüngere Bruder war, lag in seiner Stimme ein unüberhörbar paternalistischer Ton.

„Pünktlichkeit ist der Dieb der Zeit, pflegte Oscar Wilde zu sagen. Und es sind nur zehn Minuten. Deine Uhr geht ein wenig vor.“

„Na schön, Gabriè, lass gut sein. Schau lieber nach, was du essen willst, ich habe nämlich schon bestellt.“

Renato reichte ihm die Speisekarte, die der Maestro eingehend studierte, während er sich darüber klarzuwerden versuchte, wie er das Gespräch beginnen sollte.

„Ich glaube, ich nehme die Pasta mit Kartoffeln, und du?“

„Ich nehme gedämpften Graubarsch mit Bohnen.“

„Willst du Wein?“

„Du weißt, dass ich um diese Uhrzeit nicht trinke.“

„Ich nehme einen Viertelliter.“

Nachdem der Kellner die Bestellung aufgenommen hatte, stürzten sich die beiden Brüder in die Abgründe ihrer leidigen Familienangelegenheiten. Eine rechte Höllenfahrt. Sie führten das hinlänglich erprobte Theaterstück des Familienstreits auf, die improvisierte Dramaturgie eines Szenariums, das nie einen Schluss haben würde.

Renato spielte den Pflichtbewussten und schob dem Bruder die Rolle des verantwortungslosen, asozialen Egoisten zu. Teilnahmslos hörte Gabriele zu und wich den Vorwürfen und Anfeindungen mit eleganter Gleichgültigkeit aus, als säße er gelangweilt in einem Film, den er bereits kannte.

Als ihm das bleierne Schweigen nach der unerquicklichen Diskussion unerträglich wurde, kam der Staatsanwalt auf den eigentlichen Grund ihres Treffens zu sprechen:

„Was wollte denn dieser Freund, den du am Telefon erwähnt hast?“

Also begann der Maestro, sich seine Geschichte von der Seele zu reden, als hätte er nichts damit zu tun. Er berichtete von einem Typ, einem Kollegen, in dessen Wohnung eines Abends plötzlich ein zehnjähriger Junge gestanden und ihn um Hilfe gebeten habe. Der Junge wohnte im selben Mietshaus und wollte sich verstecken, weil er etwas Schlimmes ausgefressen hatte und fürchtete, dafür bestraft zu werden. Am meisten schreckte ihn die Aussicht, zum Vater zurückgebracht zu werden. Weil dem Freund der Verdacht gekommen sei, die Camorra hätte etwas damit zu tun, habe er ihn bei sich versteckt und versuche nun, einen Ausweg aus diesem Schlamassel zu finden. Aber was hätte er sonst tun sollen? Den Jungen zu den Eltern zurückbringen, vor denen er weggelaufen war? Oder hätte er ihn der Polizei übergeben sollen, die ihm gesagt hätte: Guter Mann, wir kümmern uns um Verbrechen, nicht um Vermutungen. Ganz zu schweigen davon, dass das zuständige Kommissariat bei De Vivo, dem Boss des Viertels, gelinde gesagt, ein Auge zudrückte. Also? Wie konnte man ihm helfen? Was sah das Gesetz in einem solchen Fall vor?

Nachdem er die Geschichte in einem Atemzug erzählt und seine Fragen gestellt hatte, hielt Gabriele Santoro erwartungsvoll inne.

Sein Bruder musterte ihn noch immer mit undeutbarer Miene und setzte schließlich seinen eisigen Robespierre-Blick auf, den der Maestro nur zu gut kannte.

„Ich glaube dir kein einziges Wort", hob Renato zischend an, „und ebenso wenig glaube ich, dass diese Geschichte einem Freund von dir passiert ist, in Wahrheit geht es um dich, aber du hast nicht den Mumm, es zuzugeben, und das völlig zu Recht, denn die Angelegenheit könnte dir zum Verhängnis werden, mein lieber Gabriele, zum Ver-häng-nis."

Der Staatsanwalt verstummte, ließ den Blick über den Tisch wandern, goss sich nervös einen Schluck Wein ein und leerte das Glas in einem Zug.

„Dass du leichtfertig bist, wusste ich schon immer", fuhr er mit gepresster Stimme fort, „aber dass es so weit mit dir kommen würde, hätte ich nicht für möglich gehalten. Du musst diesen Jungen unverzüglich zu seiner Familie zurückbringen, das ist das Einzige, was du tun kannst. Andernfalls riskierst du eine Anklage wegen Kindesentführung, dafür kannst du drei bis zwölf Jahre kriegen, das sage ich dir gleich. Und ich muss dir gewiss nicht erklären, was die Camorristi mit dir anstellen, sobald sie spitzkriegen, dass du den Jungen versteckst. Ist dir das klar?"

Gabriele Santoro ließ die drohende Frage an sich abperlen und sah Ciros Gesicht vor sich, in dem der Blick eines gehetzten Tieres lag.

Die ganze Sache war vollkommen wahnsinnig, in diesem Punkt war er mit seinem Bruder einig, doch die möglichen Konsequenzen ließen ihn völlig kalt.

„Das heißt, von Gesetzes wegen ist dieser Junge geliefert?" Er rückte noch ein Stück an Renato heran und blickte ihm geradewegs in die kalten, strengen Augen. Die Frage war denkbar einfach und die einzige, die für ihn zählte.

Er konnte die auflodernde Wut seines Bruders spüren, und schon ging eine aufgebrachte Wortlawine über ihm nieder.

„Von welchem Gesetz redest du überhaupt, von welchem Scheißgesetz redest du, Gabriele, von dem Gesetz, das du dir ausgedacht hast? Als könntest du nach Lust und Laune darüber verfügen, als wäre es dazu gemacht, um es der Fantasie zu überlassen. Denn von nichts anderem reden wir hier, wir reden von einer Geschichte, die sich ein Kind mit allzu lebhafter Fantasie zurechtgesponnen hat und über die du nichts weißt. Nullum crimen sine lege, nulla poena sine judicio, in dubio pro reo, audiatur et altera pars. Sagt dir das gar nichts? Von welcher Rechtsprechung redest du?"

„Antigone, sagt dir der Name nichts, Renato?“ Verärgert, dass er sich zu einer Erwiderung hatte hinreißen lassen, biss sich der Maestro auf die Zunge.

„Na bitte. Antigone hat gerade noch gefehlt. Leute wie du müssen sie immer wieder hervorkramen, ihr könnt einfach nicht anders, ohne das Fräulein der schönen Seelen lohnt es sich nicht zu tanzen. Nun, ich muss dich enttäuschen, Gabriele, doch mein Gesetz ist das des engstirnigen Kreon. Sein Bemühen, das Urteil zu entpersönlichen und Ordnung in das Chaos zu bringen, erscheint mir nützlicher, konkreter und maßvoller als Antigones Reinheitsdurst. Das ist Gerechtigkeit, der bescheidene Versuch, Ordnung in das Chaos zu bringen, die Finsternis, die uns umgibt, mit dem matten Licht zu erhellen, über das wir verfügen, und nicht mit dem Licht des Absoluten. Das gehört in die Literatur.“

Sie verfielen in abgründiges, feindseliges Schweigen, und Gabriele dachte wieder an Ciro, überlegte, was er wohl gerade machte, und fragte sich, ob er sich noch fürchtete. Ihm kamen Abraham und dessen Sohn Isaak in den Sinn, und in einem wirren Gedankenstrudel landete er schließlich bei Jeremias und den Kinderspuren.

Schließlich sprang sein Bruder auf, um zu zahlen, und der Maestro versuchte gar nicht erst, ihn davon abzuhalten und halbe-halbe zu machen. Er wartete, bis er zurückkehrte, und sagte:

„Es tut mir leid, dass du so denkst.“

Wie zu erwarten, wollte Renato ihm nicht das letzte Wort überlassen, sondern nahm sogleich wieder Platz, ergriff seinen Arm und bedachte ihn in gefasstem Ton mit einer letzten Warnung:

„Hör mal, Gabriele, wir beide werden uns nie verstehen, du hast vor vielen Jahren deine unbegreiflichen Entscheidungen getroffen und zahlst mit deinem beschissenen Leben in einem beschissenen Viertel voller beschissener Menschen tagtäglich den Preis dafür. Das war dir lieber als deine eigene Geschichte, weil dir, wie du selbst gesagt hast, vor der Familie graust. Ich habe andere Entscheidungen getroffen und bin endlich an einem entscheidenden Wendepunkt angelangt. Wenn nämlich alles so läuft, wie es soll, werde ich in einem Monat in den Obersten Gerichtsrat gewählt, und glaub mir, diesmal werde ich nicht zulassen, dass du mir wie schon so manches Mal dazwischenfunkst. Nein, das werde ich nicht zulassen. Also, ruf mich nicht an, schreib mir nicht, vergiss, dass es mich gibt, vergiss sogar, dass ich dein Bruder bin. Aber ich will dir noch etwas sagen. Hör gut zu, Gabriele, ich glaube, dass es in deiner Lage ein Irrsinn wäre, mit diesem Abenteuer weiterzumachen. Sollten dir die Polizei oder die Justiz auf die Schliche kommen, und ich hoffe inständig, das wird nicht passieren, wärst du in ernsten Schwierigkeiten, verstehst du?“

Renato schüttelte ein letztes Mal seinen Arm, stand auf und verließ das Lokal.

Der Maestro war sprachlos, er hatte nicht damit gerechnet, dass sein Bruder so feiger Gedanken fähig wäre.

Als er das Restaurant verlassen hatte, streifte er eine Stunde lang ruhelos umher und fand sich schließlich unversehens vor dem Eingang einer Polizeiwache wieder. Er betrat die Halle, und ein albinotischer Polizist fragte ihn, wie er helfen könne. Er wünsche mit dem diensthabenden Beamten zu sprechen, nuschelte der Maestro zerfahren.

„Worum geht es?“, erkundigte sich der Polizist.

„Das ist vertraulich“, flüsterte Gabriele Santoro. Es sei nur der Vizekommissar im Haus, doch der habe gerade zu tun, entgegnete der Polizist und wies ihm das Wartezimmer.

Der enge, ringsum verglaste Raum war voller Menschen. Der Maestro nahm Platz, musterte die Gesichter seiner Leidensgenossen und versuchte, sich zum Zeitvertreib die Straftaten, Diebstähle und Gewalttaten auszumalen, von denen sie Meldung machen wollten.

Nach einer Weile befiel ihn ein eigenartiges Unbehagen, als entwüchse der Verbindung zwischen den anwesenden Gesichtern und seinen Mutmaßungen etwas zutiefst Verstörendes. Also beschloss er, sich in sich selbst zu verkriechen, und tauchte erst wieder auf, als aus dem Korridor schallendes Gelächter herüberdrang.

Ein Mann mit stumpfem Bulldoggengesicht und pockennarbiger Haut flachste mit zwei Typen, die Gabriele Santoro als De Vivos Männer erkannte.

Schließlich umarmten ihn die beiden, küssten ihn und gingen davon. Der albinotische Beamte nutzte die Gelegenheit, näherte sich dem hundegesichtigen Mann und murmelte ihm etwas zu. Aus der Art, wie der Mann sich umdrehte und zu ihm herübersah, schloss der Maestro, dass er der Vizekommissar sein musste. Ihre Blicke trafen sich kurz, dann schnippte der Mann seine Zigarette auf den Boden, trat sie zweimal mit dem Schuh aus und verkroch sich wieder in seinem Büro.

Der Albino betrat das Wartezimmer, flüsterte ihm salbungsvoll zu, er müsse sich noch eine Minute gedulden, und verschwand wieder.

Kurz darauf stand Gabriele Santoro auf und ging.

Ruhelos wanderte er durch die Straßen und verlor sich in düsteren, zermürbenden Gedankenschleifen. Irgendwann fand er sich erschöpft auf der Uferpromenade der Via Partenope wieder.

Es herrschte der übliche Rummel, Kellner versuchten, ausländische Touristen anzulocken, doch das Meer funkelte in warmem Licht, auf das eine gelegentliche schwarze Wolke ihren düsteren Schatten warf. Eine Weile stand er da und betrachtete das Treiben der Menschen in den Gassen des Borgo Marinaro, dann kam ihm in den Sinn, dass Ciro sich inzwischen bestimmt Sorgen machte. Ich sollte besser zurückgehen, sagte er sich. Immerhin hatte er nie jemanden gehabt, der daheim auf ihn wartete – ein völlig neues und keineswegs unangenehmes Gefühl.

Die Menschen kennen die Gegenwart,
Die Zukunft kennen die Götter.
Konstantinos Kavafis

4.

Die Portiersloge war mit einem von De Vivos Männern besetzt. Diesmal verzichtete Gabriele Santoro auf den Aufzug und nahm die Treppe. Als er den zweiten Stock erreichte, fiel ihm auf, dass der Boss das ganze Haus unter Bewachung gestellt hatte: Ein Weiterer seiner Leute saß auf der obersten Stufe des Treppenabsatzes und las *La Gazzetta dello Sport*; obwohl er infolge einer mysteriösen Krankheit in den letzten Monaten sichtlich abgemagert war, wurde er im Viertel noch immer *'o chiatto*, der Dicke, genannt.

Der Maestro hob grüßend das Kinn und stieg stumm zu seiner Wohnung hinauf.

Als er die Tür öffnete, saß der Junge auf dem Stuhl im Eingang und wartete. Offenbar hatte er sich nicht von dort weggerührt.

„Jetz' kann ich dir sagen, wie die Sache gelaufen is'", verkündete er.

Und der Maestro hörte ihm zu.

Er und Amitranos Sohn Rosario hatten sich mit dem Motorroller in der Via Chiaia postiert und auf einen günstigen Moment gewartet, um ein deutsches Paar, das in der Bar saß, zu beklauen. Nach einer halben Stunde war eine alte Frau aus dem Friseursalon an der Ecke gekommen, der schon von

Weitem anzusehen war, dass ihre Handtasche vor Geld platzte. Weil sie es leid waren, auf die Deutschen zu lauern, waren er und sein Kumpel ihr gefolgt und hatten sie noch ein paar Besorgungen machen lassen.

Als die Frau dann in eine abgeschiedene Seitenstraße eingebogen war, hatten sie beschlossen zu handeln. Mit einem Satz waren sie an ihrer Seite gewesen und Ciro hatte ihre Tasche gepackt und wie wild daran gerissen, doch die Alte hatte beim besten Willen nicht loslassen wollen und war gestürzt. Rosario war mit quietschenden Reifen durchgestartet, und als Ciro sich bang nach der Alten umgedreht hatte, hatte er festgestellt, dass jemand hinter ihnen her war: ein glatzköpfiger Typ am Steuer eines fetten, schwarzen BMW. Als er seinem eisigen Blick begegnete, wusste Ciro, dass er in Schwierigkeiten steckte, doch konnte er nicht ahnen, dass die Beklaute Alfonso De Vivos Mutter war, eine alte Hexe, die die kriminellen Machenschaften von halb Neapel verwaltete, und erst recht nicht, dass der Sturz sie ins Koma und auf die Intensivstation des Cardarelli-Krankenhauses befördern sollte.

Als Ciro am nächsten Morgen erwachte, hatte er den Glatzkopf mit Carmine reden sehen und sagen hören, Alfonso De Vivo warte drauf, dass er ihm seinen Sohn bringe.

„Ihm den Bengel bringen, und wieso?“, hatte der Vater gefragt.

„Donna Marianna liegt im Koma. Übler Schnitzer, den dein Knirps sich da geleistet hat, das geht so nicht durch, kapierst du doch, oder?“

Carmine hatte ergeben den Kopf gesenkt.

„Na gut, sag Alfonso, ich bring ihn bis heut Abend, der Junge will um Vergebung bitten."

Als Gabriele Santoro sich Ciros Schilderung angehört hatte, waren seine Augen tränenfeucht. Verstohlen fuhr er sich mit der Hand übers Gesicht, und der Junge blickte ihn mit einem Ausdruck an, den er bis dahin noch nicht bei ihm gesehen hatte.

Ciro versuchte seiner Miene abzulesen, auf welcher Seite er stand. Gelassen ließ sich der Maestro von ihm mustern, bis die Zweifel seines kleinen Gastes zerstreut waren, dann zog er sich die Jacke aus, streichelte ihm über die Wange und verzog sich ins Arbeitszimmer, um ein wenig Ruhe zu finden. Er setzte sich und versuchte, die entsetzlichen Bilder loszuwerden, die seine Gedanken bevölkerten. Keine Viertelstunde später klingelte es an der Tür. Beunruhigt steckte er den Kopf ins Wohnzimmer und sah, wie der Junge die Klappe zum Hängeboden öffnete und hinaufkletterte.

„Das ist eine Schülerin von mir, ich muss ihr Unterricht geben", erklärte er und half dem Jungen, die Klappe zu schließen.

Ciro spähte durch den Spalt und sah ein langes, dürres, etwa achtzehnjähriges Mädchen in die Diele treten. Es wechselte ein paar Worte mit Gabriele Santoro, dann verschwanden sie im Arbeitszimmer. Wenig später war der helle Klang einer mehrfach angeschlagenen Note zu hören, und im nächsten Moment hatte ihn das monotone Leiern der Fingerübungen in den Schlaf gewiegt.

Nach einer Stunde tauchten der Maestro und seine Schülerin wieder auf. Ciro wurde von ihren Stimmen geweckt und drückte sein Auge an den Spalt.

Das Mädchen hielt Gabriele einen Umschlag hin und sagte: „Das ist für die Stunden diesen Monat." Sie gaben einander die Hand und das Mädchen verschwand.

Sekunden später öffnete sich die Luke und das ernste Gesicht seines Beschützers tauchte auf. Ausdruckslos blickten sie einander an, dann half der Maestro ihm hinunter. Kaum hatte Ciro wieder Boden unter den Füßen, fragte er nach dem Alter des Mädchens. „Die sieht aus wie'n Besenstiel", meinte er rotzig.

Der Maestro funkelte ihn eisig an und verschwand wieder im Arbeitszimmer, wo er, getreu einer unbewussten Angewohnheit, sogleich ans Fenster trat.

Im Hof wurde gerade ein seltsames Konklave abgehalten: Carmine Acerno redete mit zwei Männern in Maßanzügen. Ihre Haltung erinnerte an eine Beichte: Mit ehrerbietig gesenkten Köpfen traten sie abwechselnd vor, um seinem Geraune zu lauschen. Gebannt von der zärtlichen Grausamkeit dieser rituellen Geste, gewahrte Gabriele die stumpfe, animalische Ruhe, mit der sich Ciros Vater abwechselnd zu den beiden Typen beugte, ihnen über die Wange strich oder sie in stummer Bestürzung anstierte.

Auf einmal schrillte das Telefon, und der Maestro beschloss, es klingeln zu lassen. Nach dem fünften, hartnäckigen Läuten überlegte er es sich anders und griff zum Hörer.

„Gabriele, mein Lieber, störe ich? Ich bin's." Es war die Stimme seines einzigen Freundes im Viertel, Antonio Balsamo, Chefarzt der Radiologie am Ascalesi-Krankenhaus und Konzertfanatiker.

„Ganz und gar nicht."

„Gut. Ich wollte fragen, ob du nach dem Abendessen Lust auf eine kleine Partie Poker bei mir hast, die übliche Runde."

Der Maestro hatte nicht die geringste Lust zu pokern, doch angesichts seiner gegenwärtigen Lage war es vermutlich angebracht, die Einladung anzunehmen. Er konnte sich nicht ewig verkriechen, das wäre verdächtig erschienen, und womöglich war das sogar eine gute Gelegenheit, um herauszufinden, was über Ciros Verschwinden in Umlauf war.

„Danke, Antonio, ich komme sehr gern", haspelte er und legte auf.

Es war sechs Uhr nachmittags, eine dichte, schwarze Wolkenbank hing bleiern am Himmel und schien sich in Zeitlupe zu bewegen. Er musste etwas unternehmen, durfte keine weitere Zeit planlos verstreichen lassen.

Als er zu dem Jungen zurückkehrte, fand er ihn schlafend auf dem Sofa, das Buch von Kipling in der Hand. Er deckte ihn zu, setzte sich neben ihn und wartete, bis er aufwachte. Gegen acht Uhr schlug Ciro die Augen auf, blickte ihn verwundert an und fragte in dem ihm urvertrauten Dialekt:

„Was machst denn du hier?"

Gabriele beschloss, es ihm gleichzutun.

„Hab gewartet, dass du wach wirst."

„Wieso? Hab ich gepennt?"

„Ja."

Leicht verschämt sprang der Junge auf.

„Hast im Schlaf ganz schön rumgezappelt. Schlecht geträumt?"

Ciro funkelte ihn finster an.

„Ich hab gar nix geträumt, du bist derjenige, der die Flatter kriegt und 'nen Scheißdreck macht", stieß der Junge wütend hervor und spuckte auf den Boden.

Ungerührt stand Gabriele Santoro auf, zog sein Taschentuch hervor und wischte die Spucke weg. Als er wieder zu sprechen anhob, verzichtete er auf die komplizenhafte Einvernehmlichkeit des Jargons.

„Wenn es dir bei mir nicht passt, dann such dir jemand anderen, der bereit ist, sein Leben aufs Spiel zu setzen, um dich zu verstecken, da draußen gibt es eine Menge Leute, die dich mit offenen Armen empfangen würden. Geh schon, na los, worauf wartest du?"

Ciro stierte ihn so grimmig an, als stünde er kurz vor dem Platzen.

„Glaubste etwa, ich hab Schiss, hier rauszugehen? Ich weiß, wie man einen abmurkst. Vor zwei Wochen hab ich zwei Scheißkerle verrecken sehn."

Schweigend ließ der Maestro seinen dumpfen Zorn über sich ergehen.

„Du brauchst gar nicht so zu schreien, es ist sonnenklar, dass das nicht stimmt", flüsterte er.

„Ach ja? Sollst mal sehn, wie der Mesa verreckt ist, die zwei Arschlöcher, die sie im Lager verbrannt haben, und Musella. Da warn ich und mein Vater, der hat das gemacht, ich hab nur zugeguckt. In 'ner Garage in Borgo Sant'Antonio hat er die kaltgemacht, in die Birne geschossen hat er denen. Hier, mitten auf die Stirn. Paff-paff. Erst den einen und dann den anderen. Als der Erste hin war, hat der andere sich eingeschissen. Echt, Mann, und dann sag noch mal, ich verzapf Scheiß."

„Halt den Mund“, stöhnte Gabriele, dann sagte er nichts mehr.

Erschüttert schloss er die Augen und musste aus unerfindlichen Gründen an die Geschichte denken, die ihm sein Vater zwei Tage zuvor am Telefon erzählt hatte.

„Deine Mutter hat nie mit mir tanzen wollen, sondern immer nur mit Fremden. Wie Marlon Brando in *Der letzte Tango in Paris*; sie meinte, es mache ihr nur mit Männern Spaß, deren Namen sie nicht kenne. Wir haben nur ein einziges Mal miteinander getanzt, vor zehn Jahren, in einem Restaurant in Lissabon, wo ein Alter Akkordeon spielte. Als er eine Milonga anstimmte, ist sie aufgestanden und hat mich zum Tanz aufgefordert. Wir fingen an, uns zu drehen, ohne uns um die Blicke der anderen Gäste zu scheren. So war deine Mutter, eigentlich hat sie immer alle manipuliert.“

Gabriele war es unbegreiflich, was den Vater plötzlich zu dieser Vertraulichkeit bewogen hatte, dabei hatten sie eigentlich gerade über etwas ganz anderes gesprochen und der Vater hatte sich in einem inzwischen zur Gewohnheit gewordenen Lamento beklagt, man könne nicht mehr ins Kino gehen – „Die Schauspieler von heute wissen nicht mit ihrer Stimme umzugehen, die nuscheln irgendwas Unverständliches in sich hinein und das Publikum beschwert sich nicht einmal“. Es war nichts dabei, das Gesprächsthema zu wechseln, doch hatte diese Schilderung ihn erahnen lassen, dass etwas in seinem Vater in Auflösung begriffen war, die Ordnung der Dinge, das künstliche Band, das uns mit der Welt verknüpft, das prekäre Gleichgewicht zwischen dem Sagbaren und dem Unsagbaren.

Während er Ciro betrachtete, schalt sich Gabriele Santoro dafür, hinter Carmines Allerweltsvisage nicht den Camorrista erkannt zu haben. Sein gelangweiltes Auftreten hatte ihn stets an einen Beamten denken lassen, an einen Buchhalter oder an einen Anwalt womöglich. Er erinnerte sich, ihn einmal im Gambrinus mit einer Frau gesehen zu haben. Die beiden hatten an einem Tisch gesessen und er hatte ihr anzüglich über die Wange gestreichelt. Die Frau war ebenso blutjung wie hässlich gewesen, mit schiefem Gesicht und ordinärem Auftreten. Irgendwann hatte der Mann bemerkt, dass sie beobachtet wurden, und die Frau hatte sich zu Gabriele umgedreht, war unvermittelt aufgesprungen und davongestürmt. Er und Acerno hatten einen feindseligen Blick gewechselt.

„Heute Abend essen wir zeitig, ich habe später noch etwas vor", sagte der Maestro, als wäre er aus einer Trance erwacht, und verschwand in der Küche.

„Was willst du? Magst du Pasta alla Sorrentina mit Provolone und Tomatensauce?"

Ciro nickte, und er machte sich daran, die Tropea-Zwiebeln zu schneiden und eine einfache Tomatensauce nach dem Rezept seines sizilianischen Kollegen zuzubereiten, der Kontrabass-Professor war.

Sie aßen schweigend.

„Gehste dein Mädel ficken?", fragte der Junge plötzlich, während der Maestro die Teller spülte.

Gabriele überlegte einen Moment. „Ja, sie wartet auf mich."

Als Ciro ihn fragte, ob er den Fernseher anmachen dürfe, zeigte er ihm die Fernbedienung, überlegte es sich dann jedoch anders: Sollte er auf dem Weg hinaus jemandem aus dem Haus begegnen, würde der sich über den laufenden Fernseher in der leeren Wohnung wundern.

„Daran hab ich nicht gedacht", flüsterte der Junge mit betretenem Lächeln.

Als der Maestro wenig später den Hof durchquerte, drehte er sich zu den Fenstern seiner Wohnung um und sah den Jungen beklommen hinter einem der Wohnzimmerrollläden stehen. Er zwinkerte ihm zu und setzte seinen Weg fort.

Während draußen,
auf der Straße, das Volk nichts hört.
Konstantinos Kavafis

5.

Unerwarteterweise traf Gabriele Santoro bei Antonio Balsamo nicht auf die angekündigte Spielerrunde.

„Vincenzo Nerano hat mich auf den letzten Drücker versetzt und ich musste einen Ersatz finden", eröffnete ihm der Arzt gleich an der Tür. „Es gibt einen Neuzugang, Mezzera, ich hoffe, du hast nichts dagegen", fügte er mit gewohnt samtiger Stimme hinzu.

„Ach was, wir wollen doch nur spielen und nicht heiraten", erwiderte Gabriele bemüht locker.

Beim Eintreten stellte er fest, dass der Neue der Polizist mit dem pockennarbigen Bulldoggengesicht war, den er am frühen Nachmittag auf der Wache gesehen hatte.

Zunächst lief alles wie gewohnt, nach einer Stunde servierte der Hausherr Spirituosen und Nachspeisen: zwei Sorten Whisky, einen eiskalten Wodka, eine Flasche Cognac, einen Servierteller mit Sfogliatelle, ein Tablett mit Windbeuteln, dazu noch Kanapees mit Mayonnaise und Schinken.

Eine Weile wurde schweigend weitergespielt und die wenigen Worte, die fielen, drehten sich ausschließlich um Glück oder Pech. Irgendwann ließ sich der Hausherr dazu hinreißen, den Gästen von seiner geplanten Reise nach Salzburg zu berichten, wo er einige Konzerte der berühmten Osterfestspiele besuchen wollte, vor allem die Darbietung eines aufstrebenden jungen Pianisten namens Leclerc, der mit einem Skrjabin-Programm aufwartete. Gabriele Santoro machte eine höfliche Bemerkung zu dem russischen Komponisten und den technischen Herausforderungen seines Spätwerkes, dann kam einer der Spieler – D'Alterio, ein Strafverteidiger – unvermittelt auf eine neue Fernsehserie über Vermisste zu sprechen.

„Die Vermissten sind meistens viel interessanter als die, die nach ihnen suchen", sagte der Anwalt zu Mazzera. „Wie geht es eigentlich De Vivos Mutter? Ist sie aus dem Koma erwacht?"

Der Vizekommissar sah ihn mit undeutbarer Miene an.

„Keine Ahnung, sie liegt im Cardelli, geh doch hin und frag sie: Lebst du noch?"

„Entschuldige, ich dachte, ihr wüsstet Bescheid."

„Wir wissen über die Lebenden und über die Toten Bescheid, nicht über die dazwischen", versetzte Mezzera spöttisch.

„Ihr Sohn behauptet, es sei gar kein echter Handtaschenraub gewesen, die zwei Rotzlöffel seien vorgeschickt worden, um seine Mutter aus dem Verkehr zu ziehen. Manche glauben sogar, er hätte das Theater selbst inszeniert, um das Ruder zu übernehmen. Sonst hätte die Mutter ihn nämlich nie rangelassen", schwadronierte D'Alterio in kriminalphilosophischem Ton.

Mezzera schwieg, und ein paar Minuten lang setzte sich das Spiel ohne weitere Ablenkungen fort. Als das Blatt gewechselt wurde, nahm der Anwalt das Thema wieder auf.

„Es heißt, Acernos Sohn, der Kleinste, sei ebenfalls verschwunden. Ist vielleicht Zufall, aber ich glaube, es hat was damit zu tun. Auch wenn seine Familie davon ausgeht, dass der Junge wieder auftaucht."

Gereizt warf der Vizekommissar die Karten auf den Tisch.

„Das Gerücht ist mir auch zu Ohren gekommen. Wenn das stimmt und Acerno seinen Sohn noch nicht gefunden hat, heißt das, jemand versteckt ihn und glaubt, er könne ihn und De Vivo verarschen."

Abwartend ließ er den Blick durch die Runde wandern, und als niemand etwas sagte, fuhr er fort:

„Wer immer dieser Jemand ist, der hält nur ein paar Tage durch, dann erstickt er wie eine Fliege in der Flasche."

Er hob die Wodkaflasche und musterte sie, als schwömme ein unsichtbarer Fliegenkadaver darin.

Der Maestro goss sich einen Schluck Cognac ein, kippte ihn in einem Zug hinunter und spürte, wie ihm die Hitze ins Gesicht schoss. Dann blickte er auf die Uhr, sagte „Es ist schon spät" und stand auf. Mezzera folgte seinem Beispiel: „Ich mache mich auch auf den Weg, morgen muss ich um sechs Uhr raus, es gibt eine Festnahme zu machen."

Nachdem sie sich verabschiedet hatten, gingen sie schweigend die Treppe hinunter und traten aus dem Haus.

„Wir zwei haben uns schon mal gesehen, ich weiß nur nicht mehr, wo", sagte der Vizekommissar nach ein paar Schritten.

„Das glaube ich nicht, wahrscheinlich verwechselst du mich", sagte Gabriele Santoro und schlenderte weiter.

„Ich bin Polizist. Und du?", bohrte Mezzera.

„Ich unterrichte Klavier am Konservatorium."

„Ah, ein Musiker!"

„Genau."

„Du Glücklicher, Worte können dir am Arsch vorbeigehen."

Sie blickten einander schweigend an, dann hielt der Polizist ihm die Hand hin.

„Vielleicht treffen wir uns mal wieder bei Antonio."

„Schon möglich."

Dann gingen beide ihres Weges.

Gedankenversunken wanderte Gabriele durch die Straßen und nahm die vereinzelten Lichter in den Häuserfassaden wahr, die Fenster von Schlaflosen, Kranken oder Liebenden vielleicht.

Lange Zeit begegnete er niemandem, dann tauchte am Ende einer Gasse ein Vierergrüppchen Männer auf, unter ihnen Diego. Kaum hatte der ehemalige Schüler ihn erblickt, wieselte er auf ihn zu:

„Maestro, was haben Sie denn um diese Uhrzeit ganz allein in dieser üblen Gegend verloren? Wenn Sie erlauben, begleite ich Sie nach Hause."

Bis vor die Haustür wich er ihm nicht von der Seite. Unterwegs hatten sie kein Wort gesprochen, doch als der Maestro den Schlüssel ins Schloss steckte, sagte Diego:

„Ich habe überlegt, wieder mit dem Klavierspiel anzufangen, und würde gern ein paar Stunden bei Ihnen nehmen, wenn das nicht zu viel verlangt ist."

Gabriele Santoro stocherte stumm im Schloss herum, dann trat er durch die Tür und schob sie bis auf einen Spaltbreit wieder zu.

„Es ist spät, wir reden morgen darüber. Komm um fünf in die Bar beim Konservatorium", sagte er und verschwand im Hausflur.

Das Treppenhaus war verlassen, offenbar war der Dicke schlafen gegangen. Überrascht und erregt ob dieser unerwartet ausgesetzten Überwachung, wagte sich der Maestro bis in das Stockwerk der Acernos hinauf. Auch dort waren keine Wächter. Einem unerklärlichen Impuls folgend, legte er das Ohr an die Tür des Camorrista, als könnte er dahinter die Klagen der dort hausenden Hölle vernehmen. Doch war nur die Stille der Nacht und das Seufzen der Dinge zu hören, die sich dehnten, zusammenzogen, vergingen.

Während er dem matten Geräusch ihres unbedeutenden Verfalls lauschte, wurden Schritte laut. Er spähte in den Treppenschacht hinunter und sah Carmines Ältesten, Nicola, die Stufen heraufkommen und im nächsten Moment vor sich auftauchen.

„Auf dem Weg herauf habe ich ein Geräusch gehört und wollte nachsehen, ob alles in Ordnung ist", stammelte der Maestro entschuldigend.

Der junge Mann, ein kuhäugiger Zwanzigjähriger, hielt auf der vorletzten Stufe inne, starrte ihn an wie eine Erscheinung, die seinen Verstandeshorizont überstieg, und forderte ihn dann mit einer unwirschen Handbewegung zum Verschwinden auf.

Hastig kam Gabriele Santoro der Aufforderung nach, stolperte zu seiner Wohnung hinunter und flüchtete sich hinein.

Der Junge schlief, und einen Moment lang verharrte der Maestro in der Zimmertür, um ihn zu betrachten, dann ging er ins Schlafzimmer und ließ sich aufs Bett fallen.

Angekleidet fiel er in den Schlaf und träumte von einem Konzert, das nie stattgefunden hatte: das des Chopin-Wettbewerbs, bei dem er es nicht einmal in die erste Runde geschafft hatte.

Wie so viele Menschen träumte Gabriele Santoro bis auf kleine Variationen oft das Gleiche. Dieses Mal trug er einen Frack und wartete auf dem Flur vor dem Szymanowski-Saal der Warschauer Chopin-Gesellschaft. Nach einer Weile kam sein Bruder auf ihn zu, ebenfalls hochelegant in einem makellosen dunkelblauen Anzug.

„Bist du aufgeregt?", raunte Renato und bückte sich zu ihm herunter.

„Ein bisschen."

„Das ist verständlich. Übrigens habe ich gelesen, dass Arturo Benedetti Michelangeli mit seinem Cousin Schach gespielt hat, um sich die Zeit bis zu seinem Vorspiel beim Chopin-Wettbewerb zu vertreiben."

Der Traum endete mit der unergründlichen, spöttischen Miene seines Bruders.

Der Maestro blickte auf die Uhr und sah, dass es sechs war. Ich fühle mich nicht gut, dachte er beim Aufstehen, wer weiß, was mit mir los ist. Es war nicht das gewohnte Unwohlsein, sondern etwas Tieferes, gegen das das übliche Xanax wirkungslos erschien.

Er betrachtete das gerahmte Foto von Konstantinos Kavafis, das wie das Konterfei eines entfernten Verwandten oder alten Onkels auf der Kommode stand.

In Kavafis' Alexandria hätte ich mich bestimmt wohlgefühlt, immerhin konnte man dort in aller Seelenruhe verschwinden, überlegte er.

Aus alldem, was ich tat und sagte,
Möge keiner versuchen herauszufinden, wer ich war.

Inzwischen waren ihm diese Verse des Dichters ganz zu eigen geworden.

Er wisperte sie in sich hinein, als ihm ein Rascheln verriet, dass der Junge wach war. Mit nacktem Oberkörper, zerzaustem Haar und dem unverwandten Blick der Unschuld stand er da und sah ihn an.

„Was haste mit mir vor?" Seine verschlafene Stimme klang noch kindlicher als sonst, etwas Gebrochenes schwang darin mit.

„Nichts, was sollte ich denn vorhaben?"

„Ich kann ja nicht ewig hierbleiben. Irgendwann schnappen sie uns."

Der Junge hatte recht, doch der Maestro wusste nicht, was er tun sollte.

„Darüber müssen wir nicht jetzt nachdenken, geh wieder schlafen", sagte er heiser und klang wie aus einem französischen Film noir von Clouzot. Ciro rührte sich nicht. Stumm blickten sie einander an, wie sie sich noch nie angeblickt hatten.

„Morgen kaufe ich dir was zum Anziehen, du kannst nicht ewig in denselben Sachen rumlaufen. Am besten gibst du sie mir, dann kann ich sie waschen lassen."

Den Blick auf den Maestro geheftet, schlüpfte der Junge fügsam aus seinen Kleidern.

„Und was zieh ich jetzt an?"

„Ich leihe dir ein Hemd von mir."

Gabriele kramte in seinem Kleiderschrank und zog ein kariertes Flanellhemd hervor. Ciro schlüpfte hinein und betrachtete sich im Spiegel. Es war mehrere Nummern zu groß, und wie ein kleiner Prinz im Morgenmantel warf er sich in drollige Posen. Ihm entschlüpfte ein Kichern, das er sogleich unterdrückte. Auch der Maestro musste lachen, wurde jedoch sofort wieder ernst.

„Jetzt reicht's, leg dich wieder hin", sagte er, überrascht von seinem harschen Ton.

Der Junge warf ihm einen kleinlauten Blick zu und trollte sich schweigend.

Wieder allein, schlug Gabriele Santoro das schwarze Heft auf, das ihm als Terminkalender diente. Er überflog die Seiten und stellte verblüfft fest, dass er in zwei Tagen mit dem Klavierunterricht am Konservatorium beginnen sollte. Nachmittags um sechs war eine Versammlung mit dem Direktor und den anderen Dozenten anberaumt. Den Termin hatte er völlig vergessen.

Eine Kerze genügt.
Heute Abend soll das Zimmer
Nicht zu hell sein.

Konstantinos Kavafis

6.

Wie ein Schatten huschte der Junge zum Küchenfenster, spähte in den Hof hinunter und entdeckte seine Mutter mit seinem kleinen Bruder Peppe an der Hand.

Er beobachtete sie und versuchte, Spuren von Trauer oder Tränen ob seines Verschwindens in ihrem Gesicht auszumachen. Doch nichts darin verriet ihre Gefühle, sie wirkte fast noch undurchschaubarer als sonst.

Kurz darauf tauchte auch der Vater auf. Sein Anblick versetzte ihm einen seltsamen Stich, als wollte die quälende Angst zurückkehren, und für einen winzigen Moment musste er wegsehen.

Doch dann überwog die Neugierde, und vorsichtig linste der Junge wieder durch die Scheibe. Er sah, wie Carmine in Gelächter ausbrach. Er lachte wie jemand, der noch immer einen Heidenspaß am Leben hat und bei dem alles läuft wie geschmiert. Auch die Mutter deutete ein Lächeln an, in dem jedoch etwas seltsam Ungereimtes lag. Dann war das Lachen des Vaters urplötzlich wie fortgeblasen und er verfiel wieder in die tragische, lebensferne Starre, die gewalttätigen Männern eigen ist. Schon immer hatte dieser abrupte Wechsel von Fröhlichkeit zu Jähzorn Ciro Angst gemacht, er hatte sich nie daran gewöhnen können.

Wie immer, wenn er in Bedrängnis war, kniff der Junge instinktiv die Augen zusammen, und als er sie kurz darauf wieder öffnete, waren der Vater und die Mutter verschwunden und der Hof war leer, als hätte ein Windstoß die Welt mit sich fortgetragen. Missmutig begann er, die Glasrechtecke der Fenster zu zählen, als könnte ihre Summe die passende Formel liefern, um die verborgenen Gedanken seiner Eltern zu entschlüsseln.

Zur selben Zeit erreichte Gabriele Santoro die Via Domenico Cimarosa und schlenderte wartend auf und ab, bis die Wäscherei öffnete, in der er vor langer Zeit auf dem Rückweg von seinem Vater einen fleckigen Mantel abgegeben hatte. Als es so weit war, schob er dem Inhaber befangen und linkisch die Hosen, Unterhosen und das Hemd des Jungen hin und fragte, wann er die Sachen wieder abholen könne. Der Mann, ein Fünfzigjähriger mit getöntem Haar und von Zigarettenqualm verfärbtem Schnurrbart, entgegnete, es würde nur wenige Stunden dauern.

„In Ordnung", meinte der Maestro. Er prägte sich die Kleidergröße ein und ging. Ohne ein bestimmtes Ziel setzte er sich in Bewegung und betrachtete aufmerksam die Geschäfte, an denen er vorüberkam.

Nach einem längeren Stück Straße, das vom Vomero hinunterführte, entdeckte er in der Via Toledo endlich ein Kaufhaus, das ihm geeignet erschien. Er trat ein und nahm die Rolltreppe in die Abteilung für Kinderbekleidung im zweiten Stock. Noch nie in seinem Leben hatte er Kinderkleidung gekauft und wusste nicht, was er aussuchen sollte. Unschlüssig beobachtete er die Verkäuferinnen, entschied sich für eine mit gutmütigem Gesicht, trat zögernd auf sie zu und bat sie um

Hilfe. Gemeinsam suchten sie drei Hemden, ein dickes Sweatshirt, zwei Hosen, fünf Paar Unterhosen, einen Schlafanzug und ein paar Unterhemden aus, von denen die Verkäuferin abriet: So etwas würden Kinder heutzutage nicht mehr tragen.

Vor der Kasse stand eine lange Schlange, und Gabriele Santoro bat den vor ihm Wartenden ungeduldig, ihn freundlicherweise vorzulassen. „Ich habe einen Arzttermin und darf nicht zu spät kommen", behauptete er, worauf der Mann widerstrebend einwilligte.

Kaum hatte er das Kaufhaus verlassen, kehrte er schnurstracks zur Wäscherei zurück und musste abermals warten, bis die Angestellte Ciros Hemd fertig gebügelt hatte. Dann endlich konnte er sich auf den Weg zum Konservatorium machen.

In der Bar nebenan genehmigte sich der jüngere der beiden Hausmeister gerade ein Bier. Der Maestro begrüßte ihn und setzte sich ein wenig abseits an einen Tisch. Er holte die noch immer nicht zu Ende gelesene Ravel-Biografie hervor und schlug das Kapitel auf, in dem es um den jungen Schüler des großen Musikers namens Rosenthal ging. Er setzte sich die Brille auf, begann zu lesen und tauchte in die schummrige Atmosphäre von Maurice' nächtlichen Auftritten in den Vorstadtlokalen ein, in denen er gemeinsam mit seinem Schüler mit einem kleinen Orchester auftrat. Es waren ausgelassene, zu den Bildern eines Stummfilms improvisierte Konzerte. Der Verfasser ließ eine mögliche erotische Beziehung zwischen den beiden durchblicken, doch Gabriele Santoro bezweifelte, dass der Komponist einem eventuellen sexuellen Verlangen nachgegeben hätte. Einer wie Ravel gehörte zu jenen Menschen, die sich das Leben lieber vorstellten, als es zu leben.

Als der Maestro von seinem Buch aufblickte, verließ der Hausmeister gerade das Lokal. Er schaute auf die Uhr und stellte fest, dass eine halbe Stunde vergangen war und Diego bestimmt nicht mehr auftauchen würde. Er stand auf und ging zur Kasse, um zu zahlen.

Im Konservatorium begrüßte man ihn respektvoll wie immer. Der Direktor gestand ihm, dass er einen anschließenden Termin verschwitzt habe, weshalb er sich bemühen würde, das Treffen kurz zu halten.

Den Kollegen sollte der neue Dozent für Musikdramaturgie, Edoardo Misiti, vorgestellt werden. Er war ein junger, hagerer Kalabrier und hingebungsvoller Verehrer von Edgar Varèse, über den er seine kurz vor der Publikation stehende Abschlussarbeit verfasst hatte.

Der Neuankömmling war ganz erpicht darauf, Gabriele Santoro, den angesehensten Dozenten des Konservatoriums, kennenzulernen. Doch als er ihn nach der Versammlung auf dem Flur ansprach und darum bat, ihn mit seiner Arbeit beehren zu dürfen, wurde er enttäuscht.

„Nicht jetzt, tut mir leid, ich muss wirklich los", entgegnete der Maestro und war schon verschwunden.

Hastig kehrte er nach Hause zurück und traf Ciro müde und gelangweilt an. Ihm wurde erstmals deutlich bewusst, dass er einen Gefangenen hielt. Er blickte auf die Uhr und stellte fest, dass es bereits spät geworden war, der Junge war bestimmt halb verhungert.

Er hatte sich gerade an die Zubereitung eines Kartoffel-Omeletts gemacht, als es an der Wohnungstür klingelte. Durch den Spion war Diegos Gesicht zu erkennen, das aus einem tiefen Schnitt auf der linken Wange heftig blutete. Hastig wies er Ciro an, sich im Hängeboden zu verstecken, und kaum war der Junge in Sicherheit, öffnete er die Tür.

Der ehemalige Schüler wirkte völlig verstört, seine schmeichlerische Miene war wie weggeblasen. Ganz anders als sonst war er unrasiert und nachlässig gekleidet, sein Haar war verdreckt und wirr. Auf seinem Hemd leuchtete ein riesiger Blutfleck.

„Guten Tag, Maestro, verzeihen Sie, dass ich Sie versetzt habe", brachte Diego gerade noch hervor, ehe er zusammenbrach. Gabriele Santoro kniete sich neben ihn und versuchte ihn wachzurütteln. Kurz darauf kam der Schüler bleich und zitternd wieder zu sich. Der Maestro half ihm auf und führte ihn ins Bad, wo er schweigend die Wunde desinfizierte und sie mit Mull und Pflaster verband. Dann bedeutete er dem jungen Mann, sich das Hemd auszuziehen, unter dem mehrere Blutergüsse zum Vorschein kamen. Er holte Eis, wickelte es in einen Lappen und legte es auf die schmerzenden Stellen.

Von seinem Versteck aus hatte Ciro Diegos Gesicht gut im Blick, Gabriele war nur von hinten zu sehen. Wenige Minuten später tauchten die beiden im Wohnzimmer auf, der Hausherr gebot seinem Besucher, sich aufs Sofa zu legen, und nahm im Sessel Platz.

Von der nassforschen Art des Schülers war nichts geblieben, er stöhnte leise und blinzelte krampfhaft mit den Lidern, als hätte ein alter Tick ihn eingeholt.

„Wenn du mir etwas sagen willst, ich höre, Diego", sagte der Maestro schließlich ruhig.

Der junge Mann wandte den Kopf und blickte ihn lange an, wie um die Bedeutung des Satzes abzuwägen.

„Hätte ich Ihren Rat befolgt, wäre ich heute Berufspianist. Ich würde in Kneipen spielen und mein Geld damit verdienen. Aber ich habe einen anderen Weg eingeschlagen und mich in Situationen verstrickt, die Sie nicht einmal erahnen können."

„In was für Situationen?", fragte Gabriele Santoro in vagem Ton, der selbst die indiskreteste Frage zu rechtfertigen schien.

„Das wollen Sie nicht wissen. Es ist besser so, glauben Sie mir."

„Wir sind Freunde, Diego, du kannst ruhig offen zu mir sein, wenn du das Bedürfnis hast."

„Ich kann nicht, ich würde Ihnen nur schaden."

Sie schwiegen eine Weile, dann fragte der Maestro, ob er etwas trinken wolle, einen Whiskey vielleicht, und ohne die Antwort abzuwarten, erhob er sich und verschwand. Kurz darauf kehrte er mit einer Flasche JB und einem Glas zurück, goss einen Fingerbreit ein und hielt es Diego hin. Der Schüler nippte mit geschlossenen Augen daran wie an einer Medizin, und als das Getränk seine entspannende Wirkung zeigte, ging Gabriele zum Frontalangriff über.

„Vorigen Abend habe ich dich mit Carmine Acerno gesehen. Ich habe noch immer nicht begriffen, welchem Beruf er nachgeht, weißt du es?"

Diego sah ihn lange an.

„Manchmal kommt er mit seiner Frau in mein Lokal", nuschelte er schließlich ausweichend. „Mehr weiß ich nicht, tut mir leid."

„Du bist ein Lügner, du weißt ganz genau, wer er ist", versetzte Gabriele Santoro barsch.

Der Schüler vergrub das Gesicht in den Händen.

„Es ist nicht so, dass ich Ihnen nicht vertraue. Aber das ist echt 'ne heikle Nummer", stammelte er fahrig.

„Soll heißen?"

„Ich bin Ihnen sehr dankbar für Ihre Hilfe, aber es gibt Dinge, die kann ich Ihnen nicht sagen."

„Wenn das so ist, kannst du sofort verschwinden", blaffte der Maestro. Er stand auf, öffnete eine Konsolenschublade, holte eine frische Packung Chesterfield hervor, riss die Plastikfolie ab, fingerte eine Zigarette heraus und zündete sie unwirsch an.

„Na los, hau ab, ich habe genug Zeit mit dir verplempert!"

Der Schüler starrte ihn verdattert an, dann drehte er das Gesicht zur Rückenlehne des Sofas und begann zu reden.

„Die haben mich da reingezogen. De Vivo ist überzeugt, dass ich Carmine decke, dieses Arschloch."

Mit steinerner Miene und ohne mit der Wimper zu zucken hörte Gabriele Santoro ihm zu.

„Dieses Stück Scheiße hat keine Ahnung, am liebsten würde ich ihm die Augen ausstechen. Glaubt der etwa, ich lasse mich ficken?" Seine Stimme klang plötzlich wehleidig heiser wie in einer neapolitanischen Seifenoper.

„Ich weiß nicht, was ich dazu sagen soll, Diego, ich habe keine Ahnung, wovon du redest."

Sein Besucher drehte sich zu ihm um, und erst jetzt bemerkte Gabriele Santoro, dass er weinte.

„Wie lautet noch mal der Satz, den Sie immer im Unterricht sagten?", fragte der Schüler heischend, wie um eine unwiederbringlich verlorene Erinnerung heraufzubeschwören.

Dann brach er in überspanntes Kichern aus, haltlos und stoßweise, als hätte er den Verstand verloren.

„Die Musik tröstet uns, weil sie uns ohne Worte auskommen lässt“, deklamierte Gabriele Santoro mit einer unwirschen Handbewegung, als wollte er eine Fliege vertreiben. Dann stand er auf, und blitzschnell war Diego aufgesprungen und schlang die Arme um ihn. Eisig ließ der Maestro die heftige Umarmung über sich ergehen.

Durch den Spalt musterte Ciro seinen Retter in der Umklammerung des Schülers und befand, dass er von der Seite wie ein Chinese aussah.

„Aus welchem Grund haben sie dich in die Sache hineingezogen?“ Wie ein Schuss hallte die Frage durch den Raum. Diego machte sich von dem Maestro los und sah ihm direkt in die Augen. Der Junge hielt den Atem an und fürchtete kurz, seine Aufregung könnte ihn verraten.

„An dem ganzen Schlamassel ist ’ne Rotznase schuld, das ist alles, was ich Ihnen sagen kann“, flüsterte der junge Mann.

„Eine Rotznase?“, wiederholte Gabriele Santoro voller Verblüffung, die alles andere als gespielt wirkte.

„Ja, eine Rotznase“, schloss Diego erschöpft. Dann drückte er ihm flüchtig die Hand und stürzte aus der Wohnung.

Wie ein enttäuschter Prophet, dem das Publikum abhandengekommen war, blieb der Maestro reglos mitten im Zimmer stehen. Dann gab er sich einen Ruck und öffnete die Bodenluke, um Ciro herunterzulassen.

Sie setzten sich auf das Sofa, und nach einem langen, nachdenklichen Schweigen fragte er den Jungen, ob er wisse, wo er eine Pistole herbekomme. Zuerst nahm Ciro die Frage nicht ernst, doch als er Gabriele Santoros grimmig entschlossene Miene sah, entgegnete er, eine Pistole bringe nur etwas, wenn man mit ihr umgehen könne.

„Wenn du 'ne Pistole willst, muss ich dir erst schießen lernen", bemerkte der Junge.

„Du musst mir schießen beibringen, ich muss schießen lernen", verbesserte der Maestro.

„Wen willst du denn kaltmachen?", fragte Ciro mit entwaffnender Selbstverständlichkeit.

„Das sage ich dir, wenn ich's getan habe", entgegnete der Maestro ebenso selbstverständlich. „Also, wo kann ich eine Pistole herkriegen?"

Der Junge zauderte, unsicher, ob er sich zu einer solchen Vertraulichkeit hinreißen lassen durfte. Dann, als könnte der Vater ihn selbst hier hören, flüsterte er schließlich, er solle in den archäologischen Park nach Pozzuoli fahren und die Höhle der Sibylle besuchen. Nach fünfzig Schritten solle er an der linken Tunnelwand nach einem mit Kohle gemalten C ausschauen. Darunter befände sich eine lose Steinplatte und in dem Hohlraum dahinter würde er, gut versteckt, das gesamte Waffen- und Munitionsarsenal seines Vaters finden.

„Schnapp dir 'nen Colt, der ist leichter zu verstecken, aber mach flott und geh hin, wenn's dunkel ist", mahnte der Junge.

Nach einem einfachen Abendbrot schauten die beiden einen Totò-Film im Fernsehen. Ciro amüsierte sich königlich und schüttete sich aus vor Lachen über die berühmten Gags wie „Heutigen Datums habe ich festgestellt, dass ihr eine Billardkugel nicht von einem Mozzarella unterscheiden könnt" oder „Man wird als Herr geboren und stirbt als Trottel".

Als der Film zu Ende war, fragte der Junge den Maestro, ob er den großen Komiker nachmachen könne, und endlich konnte Gabriele Santoro sein schauspielerisches Talent zum Einsatz bringen. Er imitierte Totòs berühmten Marionettengang, seine verqueren Kopfbewegungen und selbst seine Sprechweise, was bei seinem überschaubaren Publikum begeisterten Szenenapplaus auslöste.

Als es Zeit war, ins Bett zu gehen, umarmte der Junge ihn, und Gabriele drückte ihn an sich und stellte fest, dass er stank. Betroffen ging ihm auf, dass er sich seit Ciros Auftauchen nicht um seine Sauberkeit gekümmert hatte.

Er ließ eine Badewanne ein, mischte das Wasser zu einer angenehmen Temperatur und ließ ihn hineinsteigen. Dann griff er sich eine Flasche Badeschaum, gab ein paar Tropfen davon in die Wanne und verquirlte sie, bis sich der erhoffte Schaum bildete. Sofort begann Ciro damit zu spielen, und er ließ ihn gewähren und schaute zu.

Denn Götter nehmen die Zukunft wahr,
Menschen die Gegenwart,
Weise aber das Nahende.

Konstantinos Kavafis

7.

In dieser menschenleeren Gasse wirkte Neapel fast beschaulich, wie eine in ihrer innersten, heimlichsten Gemütsart versunkene Stadt.

Im Wageninneren klangen selbst ihre Geräusche gedämpft wie im Traum oder in dem, was uns morgens davon bleibt, wenn sein stummes Orakel sich vor uns verneigt und uns seine kryptische nächtliche Botschaft überreicht.

Von hier aus wirkte Neapel wie eine in sich gekehrte Stadt, die an entlegenen Ecken ihr wahres Wesen zeigt, ihre sonst tunlichst verborgene eremitische Natur, eine Art nebelhaftes, einzig der Versonnenheit und Stille zugetanes Angesicht.

Ein kleines Mädchen tauchte am Autofenster auf, drückte einen anzüglichen Kussmund an die Scheibe und war schon wieder verschwunden. Für den Bruchteil einer Sekunde blieb der dunstige Hauch ihres Atems und eine Schliere Spucke zurück, winzigste Rückstände ihrer selbst, ihre unsichtbare, atomare Essenz.

Was für eine führungslose, moralisch enthauptete Stadt, murmelte Gabriele Santoro in sich hinein. Er redete gern mit sich selbst und störte sich nicht daran, wenn es jemand mitbekam, es gefiel ihm sogar, für einen armen Spinner gehalten zu werden.

Er stand vor einem Haus in den Quartieri Spagnoli, das mit seiner heruntergekommenen Fassade aussah wie leprakrank. Auf seine Bitte hatte ihm Emanuela, die Sekretärin des Konservatoriums, Diegos Adresse herausgesucht. Als sie gefragt hatte, wozu er sie brauche, hatte er behauptet, er müsse seinem ehemaligen Schüler ein paar Unterlagen zurückbringen. Darum kann ich mich doch kümmern, hatte sie gesagt. Nein, bemühen Sie sich nicht, ich mache das schon.

Nun wartete er bereits seit mehreren Stunden, ohne sich zu langweilen. Ich wäre ein guter Bulle geworden, dachte er. Ein bisschen chaotisch vielleicht. Und allzu sehr von Vorahnungen geleitet. Aber ein Ermittler muss sich nun mal auf sein Gespür verlassen.

Als er seinen Blick über die Fenster des Hauses wandern ließ, entdeckte er hinter einer Scheibe einen Kerl mit blassem Frauengesicht, der zu ihm herunterspähte, sich essbare Kerne in den Mund schob und die Schalen wieder ausspuckte. Plötzlich brach er in haltloses, irres Gelächter aus. Vielleicht tickt er nicht mehr richtig und man hat ihn dort eingesperrt, überlegte Gabriele. Der Gesunde erträgt den Kranken nun einmal nicht, überlegte er. Der Gesunde will nicht an Krankheit erinnert werden.

Um sich die Zeit zu vertreiben, schloss er die Augen und versuchte, etwas aus dem Gedächtnis herzusagen.

„Noch dieselbe Nacht reiste ich von Neapel weg, damit man mir nicht auflauern und mich berauben sollte, wie es die Gewohnheit von Neapel ist, und doch musste ich mich, als ich auf den Steinweg kam, mit allen Leibes- und Geisteskräften gegen mehrere Räuber wehren, die mir nachstellten“, wisperte er den Satz von Benvenuto Cellini wie ein Gebet und wiederholte ihn laut. Selten hatte er einen so sperrigen Text auswendig gelernt, ihm Herr zu werden, war eine Frage des Stolzes gewesen. Der ungestüme Cellini – sein genaues Gegenteil.

Zwei Hunde trotteten vorbei und hatten etwas geradezu Menschliches an sich. Ihre mürrischen, klugen Mienen sahen aus, als trügen sie eine unsichtbare Brille und als könnte man ihnen so leicht nichts vormachen. Dann blieb einer der beiden stehen, ließ seinen Aplomb mit einem Schlag fahren und krümmte sich, um sich zu erleichtern. Der andere trabte weiter und verschwand aus dem Blickfeld.

Neapel ist eine Stadt, in der die Hunde das Sagen haben, dachte er. Und in Palermo hatte er davon so viele gesehen, dass man meinen konnte, sie zählten mehr als die Menschen. Er war wegen eines Konzerts der *Amici della Musica* dort gewesen, in einem Mai vor rund zwanzig Jahren. Auf dem Programm hatten die *Bagatellen* von Beethoven gestanden. Nach dem Applaus war er noch geblieben und hatte sich mit dem Organisator des Abends unterhalten, dessen Einladung zum Abendessen er formvoll ausgeschlagen hatte. Wie immer hatte seine Neigung zur Einsamkeit die Oberhand behalten.

Bis in die Nacht war er durch die Straßen des heruntergekommenen Zentrums gewandert und auf einem Platz vor der Statue Karls V. zwei Hunden begegnet, die freundlich auf ihn zugeschwänzelt waren. Sie hatten ihn bis in die alte Hafengegend La Cala begleitet und waren irgendwann verschwunden. Später, auf dem Rückweg ins Hotel, hatte er bemerkt, dass die Hunde ihm noch immer in einigem Abstand folgten.

Hin und wieder hatte er sich nach ihnen umgedreht und sich gefragt, was sie wohl von ihm wollten, welche rätselhafte Faszination sie dazu veranlasste, ihn im Blick zu behalten. Eine Art Brüderschaft vielleicht.

Die Hundescheiße auf der Gasse glänzte in der Sonne. Der Hund war fort. Gabriele blickte auf die Uhr und stellte fest, dass er bereits seit zwei Stunden dort stand. Bis jetzt war ihm die Zeit nicht lang geworden. Der Geist reist bequemer, wenn er wartet und seiner Pflicht zu handeln enthoben ist, dachte er. Er verlor sich in dem Tagtraum, zu einer anderen Zeit und in anderer Gestalt schon einmal gelebt zu haben, und malte sich aus, ein Hund gewesen zu sein. Einer dieser trägen Köter, die endlose Sommertage damit zubringen, dem langsam fortkriechenden Schatten zu folgen.

Unterdessen hatte das Licht seine Farbe verändert. Ein gelblicher Glanz hatte sich auf das Pflaster und die Häuserfassaden gelegt, als wäre eine Sonnenfinsternis im Gange.

Vielleicht sollte ich besser fahren, dieser Ermittlungsversuch ist lächerlich, überlegte er. Du weißt doch, Ermittlungen sind fast immer Einbildung oder Mutmaßung, murmelte er zu sich selbst. In dem Moment sah er ihn endlich in seinem cremefarbenen Anzug aus dem Haus treten. Eilig strebte er die Gasse hinunter und verschwand um die Ecke. Der Maestro ließ den Motor an und folgte ihm. Auf dem kleinen Platz stieg Diego in einen grauen SUV, und er hängte sich an ihn dran.

Eingelullt vom zäh dahinkriechenden Verkehr und in einer Art Trance, die ihn am Steuer regelmäßig befiel, verlor er sich in wirren, dem Halbschlaf ähnlichen Gedankenschleifen –

darin war er Spezialist. Nachdem er sich ihnen eine Weile hingegeben hatte, überkam ihn die Erkenntnis, nicht im Zentrum des Universums zu stehen. Er war in Neapel, am Rand der Welt, verfolgte einen Mann, von dem er nichts wusste, und versuchte verzweifelt, einen kleinen Jungen vor einem Verbrechen zu retten, das alle anderen für unausweichlich hielten. Das gespenstisch gelbliche Licht befeuerte seinen fiebrigen Zustand. Nur einen Schritt entfernt saß, unergründlich und sichtbar, heimlich und fassbar zugleich, sein unmusikalischer Schüler in einem SUV und schien sich die aussichtslose Lage zunutze zu machen, um ihm ein Zeichen zu senden. Womöglich hatte er bemerkt, dass der Maestro ihm folgte, und wollte ihn ans Ziel bringen. Er setzte wahrhaftig alles daran, Gabriele Santoro seinem Schicksal zuzuführen, wie es früher oder später jedem bestimmt war.

Sie passierten die Darsena Acton und bogen in den Tunnel ein. Eine Weile hörte der Maestro auf zu denken und überließ sich dem Verkehrsstrom. Er schaltete das Radio ein, suchte einen Musiksender und stieß auf die *Klaviersonate Nr. 32* von Beethoven. Gebannt hörte er zu. Wie ein Flüchtiger, der nicht mehr weiß, wer oder wo er ist, verlor er sich in jener höchsten Form des Abschiednehmens, in der Zuflucht der Sechzehntel, und sah plötzlich Ciro vor sich, wie er, überwältigt von Reue und Schmerz, mit zusammengepressten Lidern weinend im Sessel seines Arbeitszimmers kauerte und wartete. Es war nur ein flüchtiges Bild, dann bemerkte er, dass der SUV parkte.

Sie hatten einen Platz im Vomero erreicht, dessen Namen er nicht kannte. Gabriele Santoro sah zu, wie Diego das Auto verließ, den Platz überquerte und auf ein Schaufenster mit der

Aufschrift INTERNET POINT zusteuerte. Er stieg ebenfalls aus, postierte sich auf dem gegenüberliegenden Gehsteig und beobachtete, wie sein Schüler mit einem Mann hinter dem Tresen sprach und dann in einer Tür verschwand. Er setzte sich wieder ins Auto und wartete.

Nach drei Stunden tauchte Diego wieder auf und plauderte mit einem Mann mit Unterlippenpiercing und Bart. Sie flachsten herum, rauchten, raunten einander etwas ins Ohr. Dann, endlich, erschien auch De Vivo. Obwohl er ihn nur aus dem Fernsehen kannte, war sein windiges Finanzbossgehabe unverwechselbar.

Er grüßte Diego und den Bärtigen und machte sich auf den Weg zu seinem Wagen. Gabriele Santoro erinnerte sich, gelesen zu haben, dass De Vivo ein Autofanatiker war. Der Wagen war ein BMW. Womöglich derselbe, mit dem der eisäugige Glatzkopf Alfonsos Mutter herumkutschierte, wenn sie etwas im Stadtzentrum zu erledigen hatte, dachte er.

Er sah zu, wie De Vivo einstieg, telefonierte, den Motor startete und losfuhr, und hängte sich an ihn dran. Eine halbe Stunde später waren sie auf der Stadtautobahn. Aus fremden Leben gerissene Bilder flackerten an seinem inneren Auge vorbei. Plötzlich stoppte der Bilderfluss, und er fand sich an einem See wieder, vor einem Hotel. Er blickte sich um und erkannte den Lido von Lucrino. Nur wenige Schritte entfernt schlug De Vivo gerade die Autotür seines BMW zu. Er zündete sich eine Zigarre an und vertrat sich die Beine, ehe er in dem kleinen Hotel mit einer aus mehreren Türmen bestehenden Fassade verschwand. Gabriele ließ ein paar Minuten verstreichen und folgte ihm. Er betrat das trostlose Foyer und steuerte auf den kleinen Tresen zu, doch weil von dem Boss nichts zu sehen war, fragte er die Frau, die ihm entgegenstarrte, ob sie ein Zimmer für ihn habe.

„Wir haben vier, eins ist belegt", entgegnete sie. Gabriele fiel ihr ungewöhnlich hoher Haaransatz auf, der die Proportionen des Gesichtes verzerrte. Sie reichte ihm einen Schlüssel und teilte ihm mit, der Fahrstuhl sei defekt.

„Ist im zweiten Stock, aber ist dasselbe wie im ersten, leider müssen Sie die Treppe nehmen", bemerkte sie selbstgefällig.

Einen kurzen Moment fürchtete Gabriele, die Frau könnte seinen Ausweis verlangen, doch dann fiel ihm ein, dass die vornehmlich an einer stundenweisen Zimmernutzung interessierten Hotelgäste bestimmt auf Diskretion zählen konnten. Eilig erklomm er die Stufen und gelangte in einen leeren Flur mit vier Türen. Der Nummernfolge nach musste sein Zimmer das letzte sein. Mit gespitzten Ohren schlich er den Gang entlang und konnte hinter der dritten Tür ein Husten hören. Er hielt inne und lauschte: Das mussten De Vivos Bronchien sein. Er setzte sich wieder in Bewegung und öffnete die Tür zu dem ihm zugewiesenen Zimmer.

Ein muffiger Gestank nach faulen Eiern schlug ihm entgegen. Der Boden war mit fleckenstarrender heller Auslegeware bedeckt. Das Fenster stand sperrangelweit offen und der grüne Vorhang flatterte im kühlen Abendwind. Santoro trat ans Fenster und blickte auf das gelbliche Meer hinaus, als plötzlich die hitzige Stimme des Bosses zu hören war, der offenbar telefonierte.

„Hättest du mir doch sagen können, ihr geht mir auf'n Sack. Ihr macht gar nix mehr. Schluss. Ich komme."

Gleich darauf hörte man die Tür klappen. Der Maestro schlüpfte aus seinem Zimmer und sah De Vivo gerade noch davongehen. Er hatte es offenbar eilig, und Gabriele musste einen Schritt zulegen, um ihn nicht aus den Augen zu verlieren. In der Halle bekam er gerade noch mit, wie er der Frau an der Rezeption den Schlüssel in die Hand drückte und sagte: „Ist irgendein Scheiß dazwischengekommen, sag ihr, wir sehen uns Donnerstag, gleiche Zeit." Dann verließ er das Hotel und brauste davon. Erst jetzt bemerkte die Frau Gabriele und erkundigte sich, ob er etwas wünsche.

„Eine Flasche kaltes Wasser", antwortete er ungerührt.

Sie stand auf, ging zum Barkühlschrank, holte eine Flasche heraus und reichte sie ihm.

Gabriele Santoro kehrte in sein Zimmer zurück und ließ zwei Stunden mit einer stumm gestellten Fernsehsendung verstreichen, dann erhob er sich bedächtig und verließ das Zimmer. Im Foyer händigte er der Frau den Schlüssel aus und bat um die Rechnung. Verdattert schaute sie ihn an.

„Geben Sie mir vierzig", sagte sie schließlich.

Der Maestro zahlte in bar und sagte, er würde voraussichtlich nächste Woche wiederkommen, was die Frau mit einer vagen Handbewegung quittierte und sich wieder in ihr Kreuzworträtsel vertiefte.

Als Gabriele nach Hause kam, traf er auf einen reizbaren und äußerst misslaunigen Ciro. Er versuchte ihn ein wenig aufzuheitern, doch es war aussichtslos, seinen Panzer zu knacken. Kein Wunder, dachte er, er war den ganzen Tag allein und hat mit niemandem geredet. Einsamkeit ist schwer zu ertragen, erst recht für ein Kind.

Sie verbrachten den Abend mit einem Fernsehkrimi und gingen schlafen.

In der Nacht stand der Maestro auf, schlich zu Ciro hinüber, setzte sich wie die vorigen Male auf einen Stuhl und betrachtete ihn.

Es schien, als würde der schlafende Körper des Jungen eine Invasion erleiden, als würden feindliche Schattenwesen ihn belagern. Dem peinigenden Verhör durch den feindlichen Anführer ausgeliefert, krümmte Ciro sich und wisperte unverständliche Worte. Schließlich stieß der Junge einen markerschütternden Schrei aus, als vollzöge sich in den Abgründen seines Körpers und seiner Seele eine entsetzliche Anamnesis oder eine gnadenlose Abrechnung. Dann, ganz plötzlich, beruhigte er sich und schlief friedlich weiter.

Sinnloses und gefährliches Verhalten.
Konstantinos Kavafis

8.

Nachdem er eine halbe Stunde lang ziellos herumgekurvt war, hielt er beim IperCoop in der Via Masullo. Es war Samstag und im Supermarkt viel los. Obwohl er noch nie dort gewesen war, bewegte er sich zielsicher zwischen den Regalen und klaubte die Einkäufe zusammen. Endlich wusste er, was er besorgen musste, um Ciro eine Freude zu machen, der Junge hatte einen höchst eigenwilligen Geschmack. Er hasste Fisch, und Kotelett war das einzige Fleisch, das ihm schmeckte. Er war verrückt nach Provola und verabscheute Mozzarella. Es war unmöglich, ihn zu Hülsenfrüchten zu überreden, und aus der vielfältigen Welt des Gemüses ließ er allenfalls Tomaten und Kartoffeln gelten.

Als er mit seiner Runde fertig war, schob der Maestro den berstend vollen Einkaufswagen zur Kasse – es brauchte unglaubliche fünf Einkaufstüten, um alles zu verstauen. Weil er sich nicht mehr erinnerte, wo er das Auto geparkt hatte, zündete er sich vor der Ladentür eine Zigarette an und blickte sich um. Plötzlich tauchte sein Nachbar Gaudenzi auf und steuerte lächelnd auf ihn zu.

„Mein Lieber, wie schön, ich wusste gar nicht, dass Sie auch in diesem Supermarkt einkaufen. Ich komme oft hierher, mit meiner Tochter, sie wohnt gleich hier um die Ecke."

Neugierig musterte er die prall gefüllten Plastiktüten. „Das sieht ja nach einem Großeinkauf aus. Wenn Sie wollen, helfe ich Ihnen beim Tragen, wo steht denn Ihr Wagen?", fragte er katzenfreundlich und versuchte ihm eine Tüte abzunehmen, was ihm nach zwei hartnäckigen Anläufen auch gelang. Sie war voller Sachen für Ciro: Käseecken, Schokowaffeln, Snacks und obendrein ein mit Bonbons und Schokolade gefüllter Spielzeug-Spider, den Gaudenzi mit unverhohlener Verblüffung beäugte.

„Das Auto ist für meinen Neffen", log der Maestro verlegen.

Sie gingen zum Wagen, wo der Nachbar ihm zuvorkommend half, die Einkäufe in den Kofferraum zu stellen. Als sie sich gerade verabschieden wollten, raunte Gaudenzi:

„Haben Sie schon das Neueste gehört?"

„Nein."

„Angeblich ist De Vivos Mutter gestorben."

„Wann?"

„Gestern Nachmittag. Ich habe Carmine Acernos Frau an der Pförtnerloge getroffen, sie meinte, die Beerdigung sei morgen."

Die Nachricht versetzte Gabriele Santoro einen so heftigen Schlag, dass es ihm die Sicht vernebelte. Um sich wieder zu fangen, konzentrierte er sich auf das Gesicht seines Nachbarn, sah es zunächst verschwommen, dann verzerrt und seltsam in die Länge gezogen wie von El Greco gemalt, doch natürlich war nur die Angst daran schuld. Manche Gesichter sind einem so geläufig, dass man gar nicht mehr genau hinsieht, dachte er, während sein Blick sich endlich wieder klärte. Zum ersten Mal fiel ihm auf, wie heuchlerisch und zwielichtig die Visage seines Nachbarn war, den er bislang für nett und freundlich gehalten hatte. Ihn durchzuckte der Gedanke, dass Gaudenzi ebenfalls für die Camorra arbeitete und ihm womöglich gefolgt war.

Der Mann blickte ihn vieldeutig an. Er wartete darauf, dass er etwas sagte, doch nach mehreren stammelnden Anläufen verlegte sich der Maestro wie immer aufs Schweigen. Gaudenzi blieb ungerührt.

„Es ist jetzt eine Woche her, dass Carmines Sohn abgehauen ist. Und noch immer tappen sie im Dunkeln. Die Luft ist zum Schneiden dick, ich habe das Gefühl, ich lebe im Belagerungszustand. Was halten Sie davon?"

„Ich verbringe die meiste Zeit allein zu Hause und habe nicht viel Gelegenheit, mit den Leuten zu sprechen. Von welchem Belagerungszustand reden Sie?"

„Von unserem. Haben Sie nicht gemerkt, dass wir rund um die Uhr beschattet werden?"

Gabriele Santoro verzog vage den Mund und hielt ihm die Hand hin.

„Ich muss jetzt los, danke für die Hilfe."

Er stieg in seinen Ford und fuhr unter dem neugierigen Blick seines Nachbarn davon.

Als er nach Hause kam, parkte er extra weit weg, ließ die Einkäufe im Kofferraum stehen und machte einen großen Umweg, um nicht den Platz überqueren zu müssen. Während er nach Hause strebte, versuchte er sich zu erinnern, in welchem Roman – oder vielleicht war es eine wunderschöne Erzählung von Chesterton gewesen – er einen Satz gelesen hatte, der ihm hängengeblieben war. „Man ändert die Welt nicht durch das, was man sagt, verurteilt oder lobt, sondern durch Taten. Die Welt kann das, was getan wird, nicht ungeschehen machen. In diesem Moment ist der Tod eines Mannes eine Notwendigkeit."

Während ihm dieser Satz durch den Kopf ging, fragte sich Gabriele Santoro, ob ein Mensch wie er fähig wäre, jemanden umzubringen. Es genügte nicht, eine Pistole zu besitzen oder mit ihr umgehen zu können, dachte er. Man muss dem Tod gewogen sein, und das bin ich nie gewesen. Dem Tod kann man nichts vormachen. Vielleicht ist es gerade der Gedanke an den Tod, der den Weg des Menschen großartig macht, überlegte er.

Als er die Pförtnerloge passierte, schnorrte ihn der Dicke um eine Zigarette an, und er blieb stehen und hielt ihm das Päckchen hin.

„Nehmen Sie ruhig zwei, wenn Sie keine mehr haben."

Der Mann bleckte seine faulen Zähne, fummelte eine Zigarette heraus, steckte sie sich zwischen die Lippen und beugte sich vor, um sich vom Maestro Feuer geben zu lassen, was dieser eilfertig tat.

Der Mann bedankte sich mit fisteliger Stimme, die nicht zu seiner massigen Erscheinung passen wollte.

Der Maestro deutete einen steifen kleinen Gruß an und hatte sich gerade wieder in Bewegung gesetzt, als er es hinter sich rufen hörte:

„Wissen Sie, Signore, ich hab gestern Ihren Müll runtergetragen. Dafür, dass Sie allein leben, produzieren Sie ganz schön viel davon."

Gabriele Santoro drehte sich um: Der Dicke stand am Fuß der Treppe und starrte mit undeutbarer Lauermiene zu ihm empor. Ihm schoss der kurze Moment durch den Kopf, als er abends zuvor den Müllsack zum Container auf die Straße hatte bringen wollen und höchst überrascht festgestellt hatte, dass er nicht mehr vor der Wohnungstür stand. Er hatte sich kurz gewundert und war ratlos in die Wohnung zurückgekehrt.

„Wieso haben Sie das getan?" Etwas anderes fiel ihm nicht ein.

„Um Ihnen zur Hand zu gehen. Ich wollte nicht übergriffig sein, entschuldigen Sie", lautete die knappe Antwort.

Auf Gabriele Santoros Gesicht erschien ein seltsames Lächeln, plötzlich musste er an einen großartigen Roman denken, dessen Name ihm entfallen war und in dem es um Abfall als Ermittlungsgegenstand ging, um *garbage science.* Ein lapidarer Satz daraus war ihm im Kopf geblieben: *Abfall lügt nie.* In seinem Fall führten allerdings Verbrecher die Ermittlungen durch.

„Keine Sorge, so viel ist es selten. Gestern war eine Ausnahme, ich habe die Gelegenheit genutzt und ein bisschen ausgemistet", gab er zurück und erkundigte sich, seit wann er als Hausmeister arbeite.

Diesmal war es an dem Dicken, ein spöttisches Feixen aufzusetzen.

„Da haben Sie was falsch verstanden. Ich bin nicht der neue Pförtner. Ich helfe nur einem Freund ein paar Tage aus."

„Ah", grunzte der Maestro, deutete einen Gruß an und setzte seinen Weg fort.

Kaum hatte er die Wohnung betreten, nahm er sein Tagebuch zur Hand, um nachzusehen, was er und der Junge tags zuvor gegessen hatten. Schon seit Jahren notierte er sich peinlich genau, was er las, sah und hörte, und auch, was er aß.

„Mittagessen: Spaghetti mit Tomatensauce, für den Jungen zwei Käseecken und ein Apfel. Abendessen: für ihn gebackene Hähnchenschenkel mit Kartoffeln, für mich ein Joghurt und Stängelkohl, dazu ein halbes Glas Rotwein."

Er versuchte sich zu erinnern, ob der Müllsack die Abfälle vom Vortag enthalten hatte, und schloss es aus. Er hatte die Angewohnheit, den Abfall täglich zu entsorgen, und noch nie hatte sich der Müll von zwei Tagen angesammelt. Ihm entfuhr ein erleichterter Seufzer.

Es herrscht also tatsächlich Belagerungszustand, dachte er. Doch was diese Reste betrifft, kann ich beruhigt sein, hätten sie die Knochen zweier Hühnerschenkel oder die Gräten zweier Fische gefunden, wäre es etwas anderes. Trotzdem wurde es immer schwieriger, ihrem Klammergriff zu entkommen.

Er stand auf und ging nach dem Jungen sehen, der vor dem stummgestellten Fernseher hockte und einen Film schaute. Er war so ins Lippenlesen vertieft, dass er auf sein Eintreten nicht reagierte.

„Es hat an der Tür geklingelt, aber ich hab nicht aufgemacht", sagte Ciro, ohne sich umzudrehen, den Blick auf die Lippenbewegungen des blonden Mädchens auf dem Bildschirm geheftet.

„Hast du gesehen, wer es war?"

Der Junge nickte stumm.

„Und?"

„Einer, den ich nicht kannte, hatte 'n Päckchen dabei", nuschelte Ciro teilnahmslos.

„Ich erwarte kein Päckchen", entgegnete Gabriele.

Endlich drehte sich der Junge zu ihm um und blickte ihn mit erstaunten, angstvollen Augen an.

Der Maestro schluckte die eigene Angst hinunter und zwang sich zu einem beruhigenden Lächeln.

„Jetzt kannst du den Fernseher ruhig lauter stellen", sagte er bemüht munter und griff nach der Fernbedienung.

Das Mädchen – es sah nach einem deutschen Fernsehfilm aus – hatte eine unerträglich altkluge Synchronstimme, doch der Junge lauschte hingerissen, und nach einer Weile hatte er die Welt um sich herum völlig vergessen.

Seiner Abhängigkeit peinlich gewahr, flüchtete sich Gabriele Santoro in sein Arbeitszimmer. Inzwischen war er von Ciro tatsächlich ganz und gar abhängig. Der Gast, der ihm eines schönen Morgens ganz zufällig ins Haus geweht war, stand nun im Zentrum seiner Gedanken: Die Musik, die Lektüre, die Konzentration, die Götter, die seinem Einsiedlerleben bis dahin vorgestanden hatten, waren von einem Kindergott entthront und fortgeblasen worden.

Abwesend ließ er sich in den Sessel sinken und blieb ewig dort sitzen. Er überlegte, woher er in dieser heiklen Lage, die jeder normale Mensch tunlichst vermieden hätte, die unerklärliche Ruhe nahm. Dann fiel ihm der Mann wieder ein, der in seinem Müll gewühlt hatte, um herauszufinden, ob sein Abfall mit seiner Einsamkeit vereinbar war. Schließlich gab er sich einen Ruck, griff sich ein paar Blatt Papier und versuchte die Fragen zu formulieren, die er seinen Schülern zum Vorlesungsbeginn zu stellen pflegte. Was war euer erhebendstes Hörerlebnis? Wer ist euer Lieblingspianist? Versucht, den Klang einer *Partita* von Bach bildlich zu beschreiben. Gelangweilt und unmotiviert ließ er den Stift sinken.

Er blickte hinaus und sah, dass es bereits dunkel war. Vielleicht war dies der Moment, um die Einkaufstüten aus dem Kofferraum zu holen.

Er schlüpfte in die Jacke, trat aus der Wohnungstür und spähte nach unten: Die Pförtnerloge schien verwaist zu sein. Behutsam schlich er die Stufen bis zum Kabuff hinunter und stellte fest, dass der Dicke fort war. Er öffnete die Haustür und spähte auf die Straße. Auch hier war niemand zu sehen. Mit bemüht normalem Gang machte er sich auf den Weg zum Auto. Er hatte weit weg geparkt und plötzlich verließ ihn die Orientierung. Zweimal umrundete er vergeblich den Häuserblock und kehrte an die Stelle zurück, an der er geparkt zu haben glaubte. Dann wurde er sich seines Irrtums gewahr und erblickte ein paar hundert Meter weiter endlich seinen Wagen. Er öffnete den Kofferraum, hob die Tüten heraus und kehrte über einen weiten Umweg nach Hause zurück. Unterwegs begegnete er ein paar Gestalten, die er in der Gegend noch nie gesehen hatte. Dann endlich schlüpfte er in den Hauseingang und steuerte, ohne Licht zu machen, auf den Fahrstuhl zu. Als er auf seinem dunklen Treppenabsatz den Schlüssel hervornesteln wollte, ging die Tür auf und Ciro stand vor ihm.

„Hab dich durch'n Spion gesehn."

Hastig trat Gabriele in die Wohnung und schärfte ihm ein, niemals die Tür zu öffnen. Zerknirscht schwor der Junge Gehorsam. Der Maestro verschwand in der Küche und begann, die Einkäufe aus den Tüten zu räumen und in den Schränken und im Kühlschrank zu verstauen.

„Ich pack's nich, was willste mit dem ganzen Zeug?" Ciro klang ehrlich überrascht, und ein seltsames Lächeln erschien auf Gabriele Santoros Gesicht.

„Von jetzt an kann alles passieren. Wir müssen für alles gewappnet sein", sagte er.

„Was soll das heißen, für was alles?"

Einen Moment lang war der Maestro versucht, ihm zu sagen, dass De Vivos Mutter tot war. Doch gewiss würde Ciro die Nachricht nicht verkraften.

„Man weiß nie, besser, man hat Vorräte im Haus", entgegnete er gespielt obenhin.

Schon bald hatte sich Ciros Verstörung ob der Unmengen von Lebensmitteln gelegt und Gabriele Santoro fuhr ohne ein weiteres Wort mit seiner Arbeit fort. Doch wenig später sollte sich ein weiterer unvorhergesehener Zwischenfall ereignen, der zeigte, wie chaotisch und unkontrollierbar sein Leben geworden war.

Wir unterbrechen das Werk der Götter,
Voreilige, unerfahrene, sterbliche Wesen,
die wir sind.

Konstantinos Kavafis

9.

Wie ein düsteres Vorzeichen zerriss das Schnarren der Gegensprechanlage die gedämpfte Stille der Wohnung. Von einer bangen, gänzlich irrationalen Vorahnung ergriffen, hastete Gabriele Santoro zur Tür.

„Ich bin's", ertönte zu seiner Verblüffung eine warmherzige, feste Stimme. Er erkannte sie sofort und kontrollierte das Datum auf seiner Armbanduhr: Es war der 9. Oktober. Er wies Ciro an, sich im Hängeboden zu verstecken und auf eine lange Wartezeit gefasst zu machen: Der Besucher würde zum Abendessen bleiben.

Ohne mit der Wimper zu zucken, ließ sich der Junge hochhelfen und schlüpfte wie eine Katze in den ihm wohlbekannten Verschlag.

Der Maestro schloss die Klappe und kehrte zur Tür zurück.

„Biagio, komm rauf", sagte er in den Hörer, „entschuldige, aber heute macht die Sprechanlage seltsame Sperenzchen", schob er nach und drückte auf den Türöffner.

Kurz darauf tauchte ein sichtlich attraktiver Mann um die vierzig auf. Gabriele Santoro begrüßte ihn mit einer Vertrautheit, die man nur wahren Freunden bezeigt, und schloss ihn in eine herzliche Umarmung.

Der Gast nahm auf dem Sofa Platz, blickte sich um und stellte fest, dass nichts vorbereitet war, nicht einmal der Tisch war gedeckt.

„Sei ehrlich: Hast du es vergessen?“, fragte er.

„Ach was, wie kommst du denn darauf?“, entgegnete der Hausherr mit einer Selbstsicherheit, die ihm tatsächlich schon lange abhandengekommen war.

„Seit wir feiern, ist es das erste Mal, dass du mich nicht mit einer eisgekühlten Flasche Champagner empfängst“, bemerkte der Besucher.

Vom Hängeboden aus konnte Ciro der Unterhaltung folgen, als säße er im Kino.

Er hatte sich vor den Spalt gekauert, durch den er den rätselhaften Blickwechsel der beiden Männer genauestens beobachten konnte.

„Ja, du hast recht, ich hab's vergessen“, gestand Gabriele verlegen, und greifbares Unbehagen erfüllte das Zimmer.

„Da ist doch nichts dabei, wir können schließlich nicht ewig eine Sache feiern, die vorbei und begraben ist.“

Der Vierzigjährige unterstrich seine gedehnte Art zu sprechen mit exzentrischen Gesten.

„Lass uns kein Drama daraus machen, wir können auch einfach was essen gehen, Hauptsache, wir sind zusammen“, schob er beschwichtigend nach.

„Ich würde lieber hierbleiben, ich habe alles da, um uns was Gutes zu kochen. Du musst nur ein bisschen Geduld haben“, antwortete der Maestro zuvorkommend.

„Du weißt ja, wie gern ich dir beim Kochen zusehe“, bemerkte der Freund mit floskelhafter Nonchalance.

Gabriele schloss halb die Augen, doch da er wusste, dass Ciro ihn beobachtete, verkniff er sich ein vielsagendes Nicken.

Tatsächlich ließ sich der Junge keinen Moment dieser merkwürdigen Gefühlspartitur entgehen. Verblüfft, ja, geradezu hingerissen schaute er zu.

„Deinen Bollinger habe ich nicht da, aber ich kann dir einen hervorragenden Weißwein anbieten", fuhr der Maestro fort und stand auf.

„Das ist wunderbar", versicherte ihm der Gast.

Mit einer gemessenen, kleinen Geste verschwand Gabriele in der Küche und nur Biagio blieb in Ciros Blickfeld zurück.

Der Gast bewegte sich so selbstverständlich in der Wohnung, als wäre er dort zu Hause und würde jeden Winkel kennen. Er steuerte auf das Regal mit den Schallplatten zu, nahm sie eingehend in Augenschein und zog eine hervor. „Hast du was dagegen, wenn ich ein bisschen Musik auflege?", fragte er laut und abwartend. „Nicht doch, mach ruhig", antwortete der Hausherr.

Routiniert und behände legte er die Platte auf den Teller, setzte sacht die Nadel auf, und schon erfüllten die himmlischen Noten der *Fantasie und Fuge in a-moll, BWV 904* von Johann Sebastian Bach in der meisterlichen Interpretation von Alfred Brendel das Zimmer.

Obwohl Ciro keine Ahnung von klassischer Musik hatte, waren ihm diese Klänge angenehm.

Nach einer Weile lehnte sich der attraktive Vierzigjährige in die Küchentür und schaute Gabriele bei der Zubereitung des Abendessens zu. Der Junge heftete den Blick auf seinen Rücken, der kurz darauf aus seinem Blickfeld verschwand.

Von der Vollkommenheit der Akkorde umfangen und der Sicht auf die beiden Hauptdarsteller beraubt, schloss Ciro die Augen und ließ sich vom Rausch der Klänge forttragen.

Als das Stück endete, schlug er die Lider wieder auf. Biagio war wieder aufgetaucht. Er saß im Sessel, ein Weinglas in der Hand. Er hatte das Jackett ausgezogen und es über eine Stuhllehne gehängt, sodass sein kobaltblaues Hemd zu sehen war. Inzwischen war auch der Tisch gedeckt.

„Du lässt nie von dir hören, in letzter Zeit bist du völlig abgetaucht", beklagte der Gast.

„Ich hatte viel im Konservatorium zu tun", erwiderte Gabriele plötzlich reserviert und abwehrend.

Eine Weile herrschte Stille, dann tauchte der Maestro mit einer Schüssel voller Pasta auf und stellte sie auf den Tisch. Die beiden Freunde wechselten einen eigentümlichen Blick und Biagio stand auf und setzte sich auf einen anderen Platz. In beharrlichem Schweigen begannen sie zu essen.

Gebannt behielt Ciro die beiden im Blick und hatte das Gefühl, ihm entginge etwas, als läge in ihrer Art, miteinander zu reden, einander anzusehen oder zu schwiegen, etwas, das ihm verborgen blieb. Biago sprach als Erster.

„Was ist los mit dir? Du wirkst besorgt …"

„Gar nichts, wie kommst du darauf?"

„Du wirkst, als hätte ich dich gestört."

„Nein, du hast mich nicht gestört."

„Ich glaube, du kannst es gar nicht erwarten, dass ich wieder gehe." Biago stand auf und schlüpfte in sein Jackett.

„Vielleicht ist es besser, wir sehen uns ein anderes Mal", schob er nach und ging zur Tür. Gabriele erhob sich ebenfalls und ergriff seinen Arm, wie um ihn zurückzuhalten. Blitzschnell fuhr der Gast herum und küsste ihn.

Ciro war sich nicht sicher, ob er ihn auf den Mund küsste – durch den Schlitz konnte er nur Gabrieles Hinterkopf sehen –, doch der Körperhaltung der beiden und der Dauer nach zu urteilen, sah es eindeutig so aus, als küsste ihn der Vierzigjährige, wie Männer Frauen küssen. Schließlich machte sich Gabriele abrupt von seinem Freund los, und Biagio riss die Tür auf und verschwand.

Eine Weile stand der Maestro wie angewurzelt da. Noch immer konnte Ciro nur sein Profil erkennen, das reglos wie das einer Statue war. Dann drehte er sich langsam um und fing an, den Tisch abzuräumen. Der Junge hämmerte gegen die Klappe und machte einen solchen Radau, dass Gabriele ihn hastig herunterließ.

Kaum war er aus dem Hängeboden geklettert, stürzte Ciro auf ihn zu und brüllte:

„Hättest du mir auch sagen können, dass du 'ne Scheißschwuchtel bist!"

Mit unergründlicher Gelassenheit blickte der Maestro ihn an.

„Schwuchtel! Hättest du's mir eher gesagt, wär ich nicht mal 'ne Minute bei dir geblieben, Arschficker." Der Junge lachte dreckig.

Gabriele packte ihn bei den Schultern, riss die Wohnungstür auf und stieß ihn auf den Treppenabsatz hinaus. Dann warf er sie wieder zu und stand reglos da. Nach einigen endlos erscheinenden Sekunden öffnete er sie wieder: Der Treppenabsatz war leer. Ciro war verschwunden.

Er rannte die Treppe ins Erdgeschoss hinab, stürzte in die Portiersloge und durchsuchte die schmuddeligen Räume, doch von dem Jungen fehlte jede Spur.

In heller Panik hastete er durch den Hausflur auf die Straße, doch auch dort war von Ciro nichts zu sehen. Keuchend hielt er inne, schloss die Augen und malte sich aus, wie der Vater den Jungen misshandelte.

Von den quälenden Bildern bedrängt, stürmte er in einer für sein Alter erstaunlichen Geschwindigkeit die Treppe hinauf, stolperte auf halbem Weg, stürzte und zerriss sich das Hosenbein über dem linken Knie. Er rappelte sich hoch und setzte seinen panischen Aufstieg fort.

Als er den Treppenabsatz der Acernos erreichte, nahm er das bronchitische Rasseln seines Atems wahr. Er wartete, bis es sich ein wenig gelegt hatte, und drückte auf die Klingel. Gleich darauf öffnete sich die Tür und Angela erschien, die Mutter des Jungen. Sichtlich verdattert ob seines aufgelösten Anblicks starrte sie ihn an.

„Guten Tag, Sie wünschen?", fragte sie endlich.

Gabriele Santoro spähte über sie hinweg, erhaschte ein Stück des leeren Wohnzimmers und ließ den Blick wieder zu ihr wandern. Ihr fein geschnittenes Gesicht war hart und vom Leben verbittert. Der Maestro brachte keinen Ton heraus. Einen endlos erscheinenden Augenblick starrte er sie an und bewegte hilflos die Lippen.

„Ist Ihnen nicht gut?", fragte die Frau alarmiert. „Sie sind doch der Klavierlehrer aus dem vierten Stock, richtig?"

Gabriele Santoro deutete ein bestätigendes Nicken an.

„Soll ich einen Arzt rufen?"

„Nein, es ist nichts Ernstes."

„Kommen Sie doch kurz rein, ich gebe Ihnen ein Glas Wasser", haspelte Ciros Mutter besorgt.

Die Frau führte ihn durch einen kurzen Flur ins Wohnzimmer und bedeutete ihm, auf einem der falschen Empire-Stühle am Tisch Platz zu nehmen. Gabriele Santoro setzte sich, blickte sich um und kam zu dem Schluss, dass Ciro nicht da war. Sie ist allein, ihre anderen Kinder sind noch nicht nach Hause gekommen, dachte er. Man sieht ihr an, dass der Schmerz sie auffrisst, doch würde sie sich niemals etwas anmerken lassen, sie ist darauf gedrillt, keinen Schmerz zu zeigen, überlegte er weiter.

„Da lebt man unter einem Dach und begegnet sich nie. Aber so ist das nun mal. Ich verlasse meine Wohnung nur selten", murmelte er aus Höflichkeit.

Sie stellte ihm ein Glas Wasser hin, das er in kleinen, widerstrebenden Schlucken trank.

Nach einer Weile klingelte das Telefon und sie verschwand nach nebenan. Gabriele Santoro hörte, dass sie bemüht leise sprach. Aus dem unverständlichen Gemurmel hörte er lediglich „muss wohl'n Missverständnis sein, vielleicht brauchte er Hilfe" heraus. Kurz darauf, er war bereits aufgestanden, tauchte Carmine Acernos Frau wieder auf.

„Danke, Signora, jetzt geht es wieder."

Wortlos brachte Angela ihn zur Tür und bemerkte erst dort, dass seine Hose über dem Knie zerrissen war. Sie wechselten einen kurzen, verlegenen Blick.

Mit einem geflüsterten „Schönen Abend noch" ließ sie ihn hinaus. Er hob grüßend die Hand. Einen Moment lang blickte die Frau ihm nach, während er die Stufen hinunterging, dann schloss sie die Tür.

Zurück auf seinem Stockwerk, traf der Maestro Ciro dort an, wo er ihn zurückgelassen hatte. Mit hängendem Kopf hockte er auf dem Boden. Gabriele warf einen verstohlenen Blick ins Treppenhaus, um sicherzugehen, dass niemand ihn gesehen oder gehört hatte, hob den Jungen hoch und trug ihn in die Wohnung zurück. Er musterte ihn kurz und verpasste ihm dann eine schallende Ohrfeige. Bis auf ein schmerzvolles Aufstöhnen kassierte Ciro die Ohrfeige ohne einen Mucks, gerade so, als würde sie den Bund mit seinem Retter besiegeln.

Den ganzen Abend über wechselten sie kein Wort. Um elf Uhr wärmte Gabriele sich die restliche Pasta vom Abendessen mit seinem Geliebten auf, machte sich ein Tablett zurecht und verschwand damit in seinem Schlafzimmer. Den Rest ließ er auf einem Teller für den Jungen stehen.

Eine halbe Stunde später setzte sich Ciro in die Küche und aß ein paar Gabeln. Dann gingen beide ins Bett und glitten in den Schlaf. Mitten in der Nacht wachte der Junge auf und huschte, von Zweifeln getrieben, in das Arbeitszimmer des Maestros. Er fischte den Schlüssel aus einer Schachtel, mit dem er ihn gelegentlich den Schreibtisch hatte aufschließen sehen, schloss die Schublade auf und begann, darin herumzuwühlen.

Außer einem Scheckheft waren dort eine Brille, Schmuck – darunter eine Perlenkette – und das Foto eines vierzigjährigen Mannes, den er sofort als denjenigen erkannte, der den Maestro geküsst hatte.

Er betrachtete es lange – hinter dem lächelnden Biagio war die schattige Fassade eines venezianischen Palazzos zu erkennen –, schloss die Schublade wieder, legte den Schlüssel in die Schachtel zurück und schlich auf Zehenspitzen zu Gabrieles Schlafzimmer.

Er schlief tief und fest, das Gesicht wie immer zur Decke gerichtet, die Arme links und rechts am Körper, ordentlich wie ein Toter.

Der Junge betrachtete seine Falten, die Augen, die Hände. Dann kauerte er sich müde neben ihn auf die Bettkante, und ehe er sichs versah, war er eingeschlafen.

Einige Stunden später wurde der Maestro von einem Wispern geweckt, und als er sich umdrehte, sah er Ciro neben sich liegen. Der Junge murmelte im Schlaf, seine Hände flatterten hin und her, als wäre er seinem Feind hilflos ausgeliefert und stünde kurz vor dem Zerbrechen.

Bei genauerem Hinsehen entdeckte Gabriele einen nassen Fleck unter seinem mageren Körper. Er strich mit dem Finger darüber, hielt ihn an die Nase und stellte fest, dass es Urin war. Ungläubig starrte er den Jungen an und ertappte sich plötzlich dabei, dass er weinte. Aus welchem Grund, vermochte er nicht zu sagen, doch hatte ihn eine Rührung ergriffen, wie er sie seit geraumer Zeit nicht mehr empfunden hatte.

Wie er so dalag, in Abwehr zusammengekauert, sah Ciro noch verletzlicher aus als sonst. Seine Augen waren zwei zuckende Schlitze, die von kleinen Narben übersäten Arme umklammerten das Kissen, die dünnen Beine schlugen ins Leere und krümmten sich wie von einer unerbittlichen Kraft besiegt. Seine Züge waren nicht weich wie bei normalen Kindern, sondern kräftig und hart.

Behutsam, um ihn nicht zu wecken, schob Gabriele ihn auf die trockene Bettseite und deckte ihn zu.

Reglos saß er da und sann darüber nach, wie die Ankunft des Jungen sein Leben verändert hatte. Immerhin hatte sie endlich die sinnlosen Gespenster vertrieben, die seine Einsamkeit bevölkerten. Von den Gefährten seiner Tage war nur Kavafis geblieben. Dieser Dichter der Kerzen, Fenster, Schatten und schwermütigen Ausschweifungen war seiner Seele noch immer ein Trost.

Es war eine zufällig in seiner Jugend geborene Leidenschaft, ausgelöst durch ein Gedichtbändchen, das ihm ein Freund geschenkt hatte, die er seither mit eifriger Hingabe pflegte, dem Leben des Dichters nachspürte und seinen Alltag in Alexandria rekonstruierte. Er folgte ihm durch die Sherif-Pasha-Straße, zur Börse an der inzwischen in Mohammed-Ali-Platz umbenannten Place des Consuls, durch den muslimischen Teil mit dem Friedhof und der Pompeiussäule, durch das Moharam-Bek-Viertel, zu den Bahnhöfen von Sidi Gabir und Bulkeley, und begleitete ihn auf seinen Zugfahrten nach Ramleh oder Abukir. Inzwischen kannte er sämtliche Details und Etappen seines Lebens: die mondänen Jahre, die schwierigen Jahre als Beamter im Ministerium für Wasserwirtschaft, die entscheidenden Monate, in denen der Dichter sich als gescheitert sah. Und natürlich hatte er jeden Kommentar über ihn gelesen, einschließlich der Tagebucheintragungen von E. M. Forster, in denen der berühmte englische Schriftsteller während eines Besuches bei Kavafis in Alexandria im Jahr 1916 vermerkte, er habe sich in einen ägyptischen Straßenbahner verliebt. Ebenso wusste er von dem unerwarteten Erfolg des Gedichtes *Ithaka* in den Vereinigten Staaten, nachdem es 1994 für die Beisetzung von Jacqueline Kennedy ausgewählt worden war.

Seiner sprunghaften Gedanken müde, stand Gabriele Santoro auf und ging ins Arbeitszimmer. Er fing an, nach einem Buch zu suchen, in dem er eine Anmerkung des Dichters gelesen zu haben glaubte, die wie für ihn geschrieben schien. Ein ganzes Regal seiner Bibliothek war Kavafis gewidmet, und er nahm jeden einzelnen Band zur Hand und blätterte darin, bis er endlich auf die gesuchte Stelle stieß. Flüsternd sprach er sie nach:

„Ein guter Schneider näht einen Anzug, der bei einem Menschen (oder vielleicht bei zweien) wie angegossen sitzt, und einen Überzieher, der zwei oder drei Menschen passt; ich halte es ebenso: meine Gedichte können auf eine Gegebenheit (oder vielleicht auf zwei oder drei) zugeschnitten sein. Der Vergleich mag (jedoch nur scheinbar) ein wenig demütigend sein: ich aber halte ihn für gelungen und tröstlich. Wenn meine Gedichte keine allgemeine Verwendung haben, so haben sie doch eine besondere. Das ist nicht wenig, somit ist ihre Wahrheit garantiert."

Im Laufe der Zeit war Gabriele Santoro zu der Überzeugung gelangt, dass der alexandrinische Dichter bei einigen seiner schönsten Verse an ihn gedacht hatte, als wollte er mit ihnen einen Maßanzug für sein Leben entwerfen. Seitdem war Kavafis zu seinem Schatten geworden.

Als er zu Ciro zurückkehrte und sein tapferes, gequältes Gesicht betrachtete, kam dem Maestro ein weiterer seiner Verse in den Sinn – *In dem Bild sehe ich jetzt einen hübschen Knaben, der, wohl vom Laufen müde, bei der Quelle ruht* –, doch als schwänge in ihm etwas Anrüchiges mit, ließ er ihn auf den Lippen ersterben.

Ich weiß nicht, ob die Perversion Stärke
verleiht. Zuweilen glaube ich es.
Aber gewiss entspringt ihr Größe.

Konstantinos Kavafis

10.

Um sechs Uhr morgens hatte der neapolitanische Himmel die undefinierbare Farbe von Eiweiß. Jemand – Gott? – hatte ein gigantisches Ei aufgeschlagen und sich einen Spaß daraus gemacht, ihn mit glibberigen Schlieren zu überziehen.

Gabriele Santoro machte die Espressokanne fertig, stellte sie auf die Flamme und zündete sich die erste Zigarette an. Er war sich sicher, etwas geträumt zu haben, konnte sich jedoch nur noch an ein durchscheinend blasses Frauengesicht erinnern. Es gehörte der einzigen Frau, mit der er je geschlafen hatte: Barbara, eine holländische Opernsängerin mit rotem Haar. Sonst erinnerte er nichts aus dem Traum, nur ein Zimmer mit gelber Tapete und eine sich wiederholende Geste, ein Handzeichen – ihres oder seines? –, das den anderen zum Gehen aufforderte.

Er machte sich an den Fenstern zu schaffen, damit das Licht Ciro nicht weckte, und drehte sich zu ihm um: Der Junge lag auf der Seite und schlief. Der Schlaf ist die Vorpremiere des Todes, dachte er. In Neapel verwechseln sie die Agonie mit dem Tod, dabei hat das eine nichts mit dem anderen zu tun, sinnierte er. Die Sizilianer und die Spanier sind da genauer. Er schnitt sich eine Scheibe dunkles Brot ab und beträufelte sie mit Orangenblütenhonig, den ihm ein vorjähriger Abschlussschüler geschenkt hatte; ein beachtlicher Pianist,

Sizilianer, mit dem er vielsagende Blicke getauscht hatte, ohne dass sich etwas daraus ergeben hätte.

Einzig die Unkenntnis der Zukunft macht uns die Gegenwart erträglich. Die Wahrheit ist nur insofern, als wir sie in Ruhe lassen. Das hatte er irgendwo gelesen, wo, wusste er nicht mehr. Die Quellen entfielen ihm immer häufiger, doch was machte das schon – wozu brauchte man überhaupt noch Quellen?

Er öffnete das Küchenfenster und blickte hinaus. Es war noch immer heiß und menschenleer. Ein einsamer Mann knatterte auf einem Moped vorüber. Dann folgte ein Alter in Overall auf einem Fahrrad. Ein Hund und zwei Katzen schlichen vorbei, eine schwarz, die andere braun. Sonst nichts.

Er drehte das Gas ab, goss sich eine Tasse Kaffee ein, schlenderte durch die Zimmer und fühlte sich zum ersten Mal, seit er hier lebte, wie ein Gast in der eigenen Wohnung.

Er blieb stehen und betrachtete Ciros Zeichnungen. Ein Zug vor einer Bahnschranke, ein Auto mit Reifenpanne, ein Kind, das versuchte, ein Schwein aus einer Grube zu ziehen, ein von einem Wolf bedrohtes Schaf. Erstaunlicherweise wirkte das Schaf stolz und würdevoll und der Wolf räudig und unterwürfig. Da stand auch das kleine Auto, das er ihm im Supermarkt gekauft hatte. Ciro hatte die Süßigkeiten herausgenommen, um damit zu spielen.

Papierschnipsel lagen herum, der Versuch, ein Häuschen zu basteln. Die normalen Beschäftigungen eines Jungen, der noch nicht wusste, dass er zum Mörder geworden war. Ich schütze einen Mörder, dachte er. Rhythmen sind das Verhältnis von dem, was du glaubst, zu dem, was du zuvor geglaubt hast, überlegte er.

Wenig später saß er vor seiner geöffneten Schreibtischschublade, kramte darin herum und zog ein dickes Bündel Briefe hervor. Er blätterte sie durch und stellte verwundert fest, dass er, seit er sie erhalten hatte, nie mehr die Lust verspürt hatte, sie noch einmal zu lesen. In einem fragte seine Mutter bekümmert, weshalb er aufgehört habe, Konzerte zu geben. Er versuchte sich zu erinnern, ob er ihr geantwortet hatte, und kam zu dem Schluss, dass dem nicht so war. Mein neurotischer Perfektionismus ist daran schuld, eine üble Krankheit, murmelte er, als säße seine Mutter neben ihm. Einige Briefe stammten von seiner ersten Liebe Piero, der ihn sexuelle Wonnen und rasende Eifersucht gelehrt hatte.

Andere waren von seinem Klavierlehrer Raffaele Vento, und beim erneuten Lesen wunderte er sich über die glühende Leidenschaft, die zwischen den Zeilen mitschwang.

Es gab auch einen Brief seines Bruders aus einer Zeit, in dem ihr Verhältnis noch intakt gewesen war. Renato hatte ihm aus London geschrieben, damals musste er um die dreißig gewesen sein. Es war eine lange Liste von Konzerten, Aufführungen, Museumsbesuchen, Ausstellungen, ein wichtigtuerisches Karussell der Selbstgefälligkeit.

In einem Brief seines Vaters stieß er auf einen berührenden Satz: „Das Einzige, was man lehren kann, ist das, was man ist, und das Einzige, was man lernen kann, ist, dass die Liebe sich in einer verwirrenden Vielfalt unvermuteter Formen zeigt."

Ergriffen legte er das Briefbündel in die Schublade zurück und schob sie zu. In dem Moment knirschte ein Schlüssel in der Wohnungstür. Jemand fuhrwerkte vergeblich ihm Schloss herum. Lautlos stand er auf und legte das Auge an den Spion:

Ein unkenntlicher Schatten huschte davon. Er schnappte sich den Schlüsselbund – seit Ciro bei ihm wohnte, hatte er sich angewöhnt, abends abzuschließen –, und trat auf den Treppenabsatz hinaus.

Da niemand dort war, beugte er sich behutsam über das Geländer und spähte zur Pförtnerloge hinunter, doch auch dort war nichts zu sehen. Er zog die Wohnungstür hinter sich zu und schlich die Stufen hinab. Wundersamerweise verspürte er keine Angst. Als er bei der Pförtnerloge anlangte, stellte er fest, dass auch dort niemand war. Er öffnete die Haustür und lugte auf die Straße, die ungewöhnlich still dalag. Ein Fußgänger, der ihn so mit wirren Augen und zerwühltem Haar im Schlafanzug sah, warf ihm einen schiefen Blick zu.

Gabriele kehrte zur Pförtnerloge zurück, huschte die Stufen hinauf, öffnete die Wohnungstür und lief Ciro in die Arme, der aufgewacht war und auf ihn wartete.

„Was is' los?"

„Jemand hat versucht, in die Wohnung zu kommen."

Obwohl der Maestro sich zu einem normalen Tonfall zwang, blickte der Junge ihn verschreckt an. Dann ergriff er seine Hand und küsste sie.

„Gestern hab ich Sachen gesagt, die wollt' ich gar nicht sagen", flüsterte Ciro zu Gabrieles Erleichterung. Er beugte sich zu ihm hinunter und drückte ihn an sich.

„Schon gut, was du gestern gesagt hast, habe ich schon vergessen."

Der Junge schaute ihn mit einem ernsten Nicken an. Um der Situation die Schwere zu nehmen, mimte Gabriele Totòs schlenkernden Gang und Ciro brach in ansteckendes Kichern aus, das gar nicht enden zu wollen schien. Dann, ganz unvermittelt, gingen er und Ciro auseinander und wandten sich wieder ihren eigenen Dingen und ihrer Einsamkeit zu.

Der Junge werkelte in der Küche an seinem halbfertigen Papierhaus, und der Maestro versuchte, den Faden seiner Gewohnheiten wieder aufzunehmen, setzte sich aufs Bett und überlegte, zu welchem Gedicht er sich rasieren sollte. Er schwankte zwischen Montale, Saba und Eliots *Aschermittwoch.* Dann fiel seine Wahl plötzlich wie durch eine Erleuchtung auf das Gedicht *Little Gidding.*

Er schloss sich im Bad ein und begann sein Gesicht so gewissenhaft mit Schaum einzuseifen, dass er sich im Spiegel kaum wiedererkannte. An seiner statt stand dort ein weißer Mönch, der Zelebrant einer Religion mit unbekannten Regeln und Zielen. Er schloss die Augen und begann an einer beliebigen Stelle des Gedichts zu rezitieren, sprach es wie ein Gebet, intonierte die Verse wie einen wispernden, raunenden Psalmengesang.

Kämen Sie hierher und
Nähmen die Strecke, die wohl für Sie die günstigste ist, und
Kämen von dort, woher ich schätze, dass Sie kommen
würden,
Kämen Sie im Mai hierher, Sie fänden die Hecken
Wieder so weiß, zur Maienzeit, süß und erregend.
Es wäre dasselbe am Ende der Reise,
Ob Sie bei Nacht kämen wie ein gebrochener König,
Ob Sie bei Tag kämen, unwissend, was Sie getrieben hat,
Es wäre dasselbe, sobald Sie abbögen von der holprigen Straße

Und wendeten hinter dem Schweinestall, vor sich die triste
Fassade
Und den Grabstein. Und was Sie hertrieb, wie Sie selber
meinten
Ist bloß eine Schale, ist Bedeutungshülse
Aus der eine Absicht nur dann hervorbricht, wenn sie er-
füllt ist
Selbst dann nicht immer. Entweder kamen Sie ohne Absicht
Oder die Absicht ist ganz unberechenbar
Und ändert sich, wenn sie erfüllt wird.

Tränen traten ihm in die Augen, rannen langsam die Wangen hinab und gruben zwei kleine Rinnen in den weißen Schaum. Eine Weile schwieg er versonnen, dann fuhr er fort:

Auf welchem Weg auch immer, gleich wo Sie losfuhren,
Gleich wieviel Uhr, welche Jahreszeit ist,
Es wäre dasselbe: Sie müssten Verstehen
Und Begreifen vertagen. Sie sind ja nicht zum Überprüfen
hier,
Nicht um sich Aufschluss zu verschaffen, Neugier zu stillen,
Bericht zu erstatten. Sie sind hier, um niederzuknien
Wo schon Gebete erhört worden sind. Und Gebet ist mehr
Als eine Wortanordnung, mehr als bloß die bewusste
Versenkung
Dessen, der betet, mehr als der Klang einer betenden
Stimme.
Wofür die Toten keine Worte hatten, solange sie lebendig
waren,

Erzählen sie, wenn sie gestorben sind: Die Totensprache
Kennt ein Zungenreden, viel feuriger als die der Lebenden.

Am Ende des Verses öffnete Gabriele Santoro die Augen und begann sich zu rasieren. Wie immer tat er es mit einer bedachtsamen Sorgfalt, als wäre es das letzte Mal.

Als er fertig war, wusch er sich das Gesicht mit heißem Wasser, trocknete es ab und fuhr sich mit von einem Lavendel-Aftershave benetzten Händen darüber, das ihm Biagio aus London mitgebracht hatte.

Dann zog er den Anzug an, den er nur ein einziges Mal zur Beerdigung seiner Mutter getragen hatte. Er war von einem metallischen Anthrazitgrau.

Nach dieser feierlichen, ausgefeilten Prozedur ging der Maestro zu dem Jungen, der bereits angezogen war und auf ihn wartete. Sie tauschten ein Lächeln und Gabriele fragte, was er spielen wolle. Aufgeregt fing Ciro an zu überlegen. Es war das erste Mal, dass dieser gestrenge Wächter ihm die Chance zum Spielen bot, und die wollte er nicht vermasseln. Weil der Junge sich mit der Entscheidung schwertat, machte der Maestro ihm einen Vorschlag:

„Wir spielen Tiere nachahmen."

Als Kind hatte Gabriele dieses Spiel geliebt und war gegen seinen Bruder und seinen Vater unschlagbar darin gewesen. Ciro nickte eifrig, gab aber gleich zu bedenken, er hätte es noch nie gespielt.

Sie hockten sich auf den Wohnzimmerteppich und würfelten aus, wer anfangen sollte. Gabriele gewann, und der Junge quittierte seine meisterhafte Verwandlung in einen Tiger mit hingerissenem Applaus, tief beeindruckt von der gelungenen Metamorphose.

Nach der Raubkatze wechselte der Maestro zum Adler, dann zum Faultier, von dem Ciro noch nie gehört hatte, und schließlich zur Gazelle.

Als Ciro an der Reihe war, entschied er sich für die Katze und die Schildkröte, dann für den Löwen und den Affen. Gabriele befand seine Imitationen allesamt für sehr gekonnt, besonders die wilden Tiere hätte er gut getroffen. Sie lachten viel und legten bei ihren Darstellungen den gebührenden feierlichen Ernst an den Tag.

So verbrachten sie den ganzen Tag und legten nur zum Essen eine Pause ein.

Beim Abendessen stellte Gabriele erfreut fest, dass sich in Ciros Augen etwas verändert hatte.

Am folgenden Tag blieb der Maestro zu Hause und sie spielten neue Spiele, vor allem Kartenspiele. Rubamazzetto machte dem Jungen viel mehr Spaß als Scopa, aber auch Canasta fand er nicht übel und zeigte dafür ungewöhnliches Talent.

Auch der dritte Tag verlief ähnlich, und gegen Abend gab Gabriele sein Repertoire neapolitanischer Lieder auf dem Klavier zum Besten. Als er *M'aggia 'a curà* anstimmte –

Il viso del folle,
l'ho fatto per te;
il grugno del pazzo,
lo tengo per te …
Ho venduto trecento carrozze,
ho venduto trecento palazzi …

'A facia d' 'o pazzo …
l'ho fatta per te!
Comme me pesa 'sta capa, nèh!
Comme me pesa 'sta capa, nèh!
Aíza!
Ched è?
Aíza!
Ched è?

–, sang der Maestro so schallend laut, dass Ciro fürchtete, die Nachbarn könnten ihn hören.

Am Dienstag dämmerte dem Jungen, dass etwas nicht stimmte. Auf seine Frage, warum er wieder nicht aus dem Haus gehe, antwortete Gabriele, er wolle sich ausruhen. „Es sei denn, ich bin dir im Weg", scherzte er. Ciro zuckte gleichgültig mit den Schultern, doch dann warf er sich ihm in die Arme und umschlang ihn heftig.

Während der ganzen Zeit unterbrach der Maestro seine Spiele mit dem Jungen nur ein einziges Mal, um sich ans Klavier zu setzen. Er wollte die *Diabelli-Variationen* spielen, die Glanznummer seiner Soloauftritte. Er spielte sie ganz allein für Ciro und verbeugte sich am Ende zu seinem Applaus, als stünde er vor einem riesigen Publikum.

Im Laufe dieser langen, von Spielen erfüllten Tage klingelte ab und zu das Telefon, doch Gabriele Santoro reagierte nicht darauf.

Eines Abends schellte es an der Tür, und als der Maestro durch den Spion spähte, stand dort ein Kollege, der Lehrer für Kontrapunkttechnik. Er machte dem Jungen ein Zeichen, sich nicht zu rühren, und ließ es weitere dreimal klingeln. Als niemand öffnete, wurde ein Zettel unter der Tür durchgeschoben. Er wartete, bis die Schritte des Kollegen verklungen waren, hob ihn auf und las:

Lieber Gabriele,
seit Tagen versuchen der Direktor und die Sekretärin des Konservatoriums, Dich zu erreichen. Du gehst weder ans Handy noch an den Festanschluss. Wir machen uns alle große Sorgen. Du hast zwei Vorlesungen ausfallen lassen, ohne uns Bescheid zu geben, was Dir gar nicht ähnlich sieht. Wenn Du diesen Zettel liest, ruf mich bitte an. Bei Dir vorbeizusehen war meine persönliche Entscheidung. Ganz gleich, was Dich zu diesem Verhalten veranlasst, solltest Du Dich mir anvertrauen wollen, ist Dein Geheimnis bei mir garantiert sicher.
Bis bald,

Dein Alfredo

Die Nachricht war in einer schnörkelgespickten Handschrift verfasst. Während Gabriele sie las, fragte sich der Junge, was wohl drinstehen mochte, doch der Maestro faltete den Zettel zusammen und schob ihn wortlos in die Tasche.

An diesem Abend wurde Ciro von der Traurigkeit der ersten Tage eingeholt und ging früh schlafen. Gabriele blieb wie immer bis spät auf, und als er endlich zu Bett ging, warf er noch einen Blick in seine Lieblingserzählungen, *Ein sauberes, gut beleuchtetes Café* von Ernest Hemingway, dann knipste er das Licht aus und hing ruhelos seinen Gedanken nach.

Aber beeile dich auf der Reise nicht.
Konstantinos Kavafis

11.

Bedrängt von den Gespenstern einer schlaflosen Nacht, verließ der Maestro im Morgengrauen die Wohnung, um ein wenig Luft zu schnappen.

Er folgte seinem üblichen Spazierweg und erreichte einen von Menschen wimmelnden Hausvorplatz, auf dem zwei Polizeiwagen parkten. Neugierig blieb er stehen und nahm die fassungslose Benommenheit der Anwesenden wahr.

Nach einer Weile sah er den bulldoggengesichtigen Vizekommissar Mezzera aus dem Haus treten. Flankiert von zwei jüngeren Polizisten, sprach er mit einem in Tränen aufgelösten Mann und stieg wieder in seinen Wagen. Als der Fahrer den Rückwärtsgang einlegte, entdeckte Mezzera Gabriele Santoro und hob hastig grüßend die Hand, dann brauste der Wagen mit quietschenden Reifen davon.

Zögerlich näherte sich der Maestro einem jungen Mann mit einem Feuermal auf der Wange und fragte, was passiert sei. Der Junge taxierte ihn misstrauisch, nuschelte, man hätte ihn tot aufgefunden, und wandte sich ohne eine weitere Erklärung zum Gehen. Doch Gabriele Santoro wollte Genaueres erfahren.

„Wie, das wissen Sie nicht? Sie haben Rosario gefunden, den vermissten Jungen. Der lag in dieser Grube, wahrscheinlich ist er beim Spielen reingefallen."

Der Maestro taumelte, doch das bekam der junge Mann nicht mit, er hatte sich bereits verdrückt.

Instinktiv steuerte Gabriele Santoro auf die Tür zu, aus der Mezzera herausgekommen war, und spähte hinein. Zwei Polizisten hatten sich neben einer Bahre postiert, auf der die Leiche des Jungen lag. Daneben wachte mit hängendem Kopf eine Frau, den Rücken zur Tür gewandt. Ringsum die Angehörigen, schweigend. In einer Ecke ein größeres Mädchen, womöglich die Schwester.

Der Maestro schloss die Augen und überlegte, wie vernagelt man sein musste, um die eigene Hellsichtigkeit zu ignorieren, diese jedem gegebene, wiewohl uneingestandene Fähigkeit, in sich hineinzuhorchen und das Kommende zu erahnen. Und er dachte, wie hinterhältig das Verbrechen ist, das sich harmlos gibt, das Böse, das, nachdem es seine Gewalt verbreitet hat, gebietet, dass die Welt es wie einen Schicksalsschlag ergeben hinnehme. Und wie schändlich das Schweigen jener ist, die das Verbrechen nur für eine Abart des Menschlichen halten, für das zwingende Resultat der verderbten menschlichen Natur.

In dem Moment tauchte ein kleiner Junge vor ihm auf. Er blickte ihn mit unergründlichen, schmerzerfüllten Augen an und deutete stumm auf einen Schutthaufen, unter dem Rosario gefunden worden war. Immer wieder hielt er sich die Nase zu, als wollte er sich vor dem Gestank des Todes schützen, der aus der Grube darunter aufstieg, tatsächlich jedoch gar nicht wahrzunehmen war. Gabriele Santoro trat auf ihn zu und wollte ihn streicheln, doch der Junge schreckte zurück. Auf seinem Gesicht lag ein labiler, fast geistesschwacher Ausdruck. Plötzlich kreuzte das Mädchen auf, das er für Rosarios Schwester gehalten hatte, packte ihren Bruder und wollte ihn fortzerren. Ohne den Blick von ihm loszureißen, stemmte der Junge die Füße gegen den Boden und stieß sie zurück.

Gabriele versuchte die Situation zu deuten und wurde mit Bestürzung gewahr, dass in diesen Augen ein einzig für ihn bestimmtes Flehen lag. Der Blick dieses fremden Kindes bat ihn um einen Zauber, der Rosario Amitrano wieder zum Leben erwecken könnte.

„Mimmo hat die Leiche gefunden", raunte das Mädchen unvermittelt. Sie hatte eine tiefe Erwachsenenstimme, die nicht zu ihr zu gehören schien, als hätte sich der Geist einer sehr viel älteren Frau ihres Körpers bemächtigt.

Gabriele lächelte sie an, und nach einer eigentümlichen kleinen Verbeugung trollten sich die beiden.

Kaum waren sie im Haus verschwunden, setzte er sich wieder in Bewegung und machte sich, niedergedrückt von einer unerklärlichen bleiernen Zerschlagenheit, auf den Weg zu der Kirche, in der die Trauerfeier für Marianna De Vivo stattfinden sollte.

Als er den Vorplatz der Basilica di Santa Lucia a Mare erreichte, blieb er in einigem Abstand stehen und wartete.

Gedankenversunken und mit geschlossenen Augen stand er da, als ihm plötzlich Diegos Stimme ans Ohr schlug.

„Warum stehen Sie denn hier herum?", fragte der Schüler und legte ihm die Hand auf die Schulter. „Wenn wir uns nicht beeilen, bekommen wir keinen Platz mehr." Offenbar ging er davon aus, dass der Maestro ebenfalls in die Kirche wollte.

„Ich weiß nicht, ob das recht wäre, ich bin bloß neugierig", erwiderte Gabriele Santoro matt.

„Was haben Sie? Sie sind blass. Sind Sie sicher, dass es Ihnen gut geht? Sie schwitzen ja." Diego musterte ihn prüfend.

Der Maestro fasste sich an die Stirn und stellte fest, dass sie schweißnass war.

„Mir ging's in den letzten Tagen nicht besonders, aber es ist nichts, nur Erschöpfung."

„Sie sollten besser auf sich achtgeben, Maestro. Aber wo Sie schon einmal hier sind, begleiten Sie mich doch zur Trauerfeier. Was besorgt Sie denn?"

Sie überquerten die Straße, und Gabriele Santoro versuchte seine immer weicher werdenden Knie zu ignorieren.

Er wollte dem Boss und der Mutter des Jungen ins Gesicht sehen. Seit er an ihre Tür geklopft hatte, hatte er sie nicht wiedergesehen. Dort, vor ihrer Wohnungstür, war er kurz versucht gewesen, ihr von Ciro zu erzählen, doch ihr feindseliger Blick hatte ihn davon abgehalten.

An der Kirchentür herrschte Gedränge, und schon bald verlor Gabriele Santoro seinen Schüler aus den Augen. Jener Teil der Stadt, der dem Verbrechen entweder unbedingt dienen oder ihm zum Opfer fallen wollte, war geschlossen versammelt. Während er den benommenen, teilnahmslosen Gesichtern der Menge begegnete, nahm der Maestro den Pesthauch aus Neapels fauligen Eingeweiden wahr. All die schmutzige Energie von Groll und Raub fand sich hier unter diesen Larven. Er betrachtete die Frauen, und ganz gleich, ob sie hässlich oder wunderhübsch waren, sprach aus ihren Blicken der Kerker der Abhängigkeit und Erschöpfung. Nicht eine, die sich dieser Bestimmung entzog. Nicht eine, die der Hoffnung gehorchte und dem edlen Wesen der Frau oder Mutter entsprach.

Mühsam drängte sich der Maestro durch die Menge und ergatterte einen Platz im Seitenschiff. Er reckte den Hals und spähte zu den ersten Reihen. Vergeblich hielt er nach Alfonso De Vivo Ausschau, blickte sich suchend nach Carmine Acerno um und fand ihn abseits in der vierten Bank, mit dem erloschenen Blick eines schuldvollen Menschen, der weiß, dass es für ihn kein Entkommen mehr gibt. Neben ihm saß Ciros Mutter Angela. Sie schien mit den Tränen zu kämpfen, doch längst geübt darin, hielt sie sich wacker auf dem Grat von Zusammenbruch und Unerschütterlichkeit, von Eingeständnis und Verstellung.

Wenig später tauchten am Altar zwei dicke Jungen im Messdienergewand auf, gefolgt von einem schmierig dreinblickenden, jungen Mesner. Schließlich trat ein alter Priester vor die Menge und musterte sie stumm, als wollte er ihre Trauer bemessen oder ihre Verantwortung sondieren.

Als der Prälat anfing, die Messe zu lesen, erhob sich von den hinteren Bänken die herzzerreißende Wehklage einer alten Frau, eine Art Schlaflied, und gerade wollte sich Gabriele Santoro nach ihr umdrehen, als ihn plötzlich die Kräfte verließen und er ohnmächtig wurde.

Als er wieder zu sich kam, saß er an einem Bartischchen, Diegos lautlos bewegte Lippen vor Augen. Zunächst glaubte er an einen Scherz, als würde Diego nur so tun als ob. Dann, ganz allmählich, kehrte der Ton zurück, und nach und nach drang das Gesagte zu ihm durch.

„Wie geht es Ihnen, Maestro? Fühlen Sie sich besser? Ich habe ja gesagt, Sie sollen sich ausruhen. Jetzt gehen Sie nach Hause und legen sich ins Bett, und morgen reden wir weiter."

Der Schüler drückte ihm einen nassen Lappen auf die Stirn, derweil die Frau an der Kasse Micoren-Tropfen hervorholte und sie in ein fingerbreit gefülltes Glas Wasser träufelte. Die beiden verabreichten ihm die Tropfen, halfen ihm auf die Beine und begleiteten ihn zur Bushaltestelle.

Als er endlich allein war, spürte der Maestro seine unendliche Müdigkeit, doch hier konnte er nicht bleiben.

Er nahm die direkteste Busverbindung nach Pozzuoli. Während er die Stadt hinter dem Busfenster vorbeigleiten sah, musste er an ein Kapitel aus einem Buch der Ortese denken, *Neapel liegt nicht am Meer,* das er sehr geliebt hatte. Vor allem jene Seiten, auf denen die große Schriftstellerin die Stadt aus der Straßenbahn betrachtete und sie als Stadt der Toten beschrieb, die nicht wissen, dass sie tot sind.

„Wie alles Monströse, so hatte auch Neapel keinerlei Wirkung auf Personen, die nicht besonders menschlich waren, in einem kalten Herzen vermochten seine maßlosen Zaubereien keine Spur zu hinterlassen."

Gabriele hatte sich ganze Sätze daraus eingeprägt, die zuweilen unvermittelt aus seinem Gedächtnis aufstiegen. Auch das ist eine Stadt: die Sätze der Romane, die sie beschrieben haben, dachte er.

Während der Fahrt begann es heftig zu regnen, und der Maestro heftete die Augen auf die Scheibe, gebannt vom Werden und Vergehen der im Licht schillernden Tropfen. Hypnotisiert von ihren zufälligen Gebilden, schlummerte er schließlich ein und träumte, in einen Abgrund zu stürzen.

Der Fahrgast mit der Baskenmütze, den er nach der richtigen Haltestelle gefragt hatte, um zum archäologischen Park zu gelangen, tippte ihm mehrmals an die Schulter. „Wir sind da", raunte er sacht. Als Gabriele Santoro die Augen aufschlug, öffneten sich gerade die Türen, und eilig sprang er hinaus.

Um wieder wach zu werden, ging er in die nächstbeste Bar auf einen Kaffee. Als ihm die Nigerianerin hinter dem Tresen die Tasse hinstellte, klingelte sein Handy. Er nestelte es aus der Tasche und schaute auf das Display: Biagio. Er ließ es läuten, früher oder später würde er schon aufgeben. Tatsächlich verstummte das Klingeln nach einer Weile, und Gabriele zahlte und ging.

Die Grotte der Sibylle war ein mächtiger Tunnel unterhalb einer Terrasse, die auf die antike Hafenbucht von Cumae hinausging. Er war erst einmal dort gewesen, als Kind, mit seiner Mutter Amalia, die Griechischlehrerin gewesen war. Er erinnerte sich an einen dunklen, von vereinzelten Lichtstreifen erhellten Stollen, und nachdem er, die Hand im sicheren Griff der Mutter, ein Stück des in den Tuff gehauenen Ganges durchquert hatte, war da eine Art Kammer mit einem steinernen Hocker gewesen, und dort hatte sie ihn Platz nehmen lassen und ihm die Augen zugehalten.

„Verrate mir die Weissagung der Sibylle", hatte Amalia ihm ins Ohr geflüstert, und das hatte er getan.

Früher hatte er sich einen Jux daraus gemacht, sich Vorhersagen und Prophezeiungen auszudenken, doch das war lange her.

Er nahm den alten Weg und erreichte die Kammer. Der Sitzstein war von einem japanischen Paar mit Kleinkind besetzt. Sie hatten sich rücklings darauf ausgestreckt und riefen unverständliche Wörter in die Höhe. Gabriele Santoro hörte ihnen einen Moment lang zu, dann setzte er sich bedächtig wieder in Bewegung und drang in die geheimnisvollen Tiefen der Höhle vor.

Mit jedem Schritt wurde ihm bewusster, dass, obwohl seine Mission kaum Aussicht auf Erfolg hatte, ihm nichts anderes übrigblieb, als es zu versuchen.

Der Mensch ist ein missglücktes Tier, überlegte er, zu aussichtslosen Herausforderungen verdammt, zu Fragen berufen, die er sich niemals stellen sollte. Während er an den Felsmauern entlangwanderte, wurde er gewahr, wie sehr die alte Vorstellung vom Tod sich von der abwegigen, neumodischen Auffassung unterschied, Leben und Tod hätten nichts miteinander zu tun.

Für die Erbauer dieses Tunnels lag zwischen Leben und Tod ein weites Niemandsland, in dem man nach Herzenslust verweilen konnte. Der fatale Irrtum, die Verfehlung der Nachgeborenen, bestand in der Vermessenheit, zwischen einem Davor und einem Danach strikt zu trennen. Das war die Wurzel allen Übels. Womöglich befand er sich, ohne es zu ahnen, seit geraumer Zeit in besagtem Niemandsland. Nur die Toten sprechen die Wahrheit, und obwohl er nicht mehr wusste, wessen Feder diese These entstammte, erschien sie ihm treffender denn je.

Am Ende des Ganges lag die sogenannte Orakelgrotte. Dort ließ er sich auf einem flachen Stein nieder, um nach

Ciros Anweisung auf sieben Uhr zu warten. Als er den Wachmann „Wir schließen, die Besucher werden aufgefordert, die Grotte zu verlassen" rufen hörte, versteckte er sich hinter einer Wand und wartete ab, bis sich die Anlage geleert hatte. Eine Weile verharrte er dort, und als er aus seiner seltsamen Benommenheit erwachte und endlich den Rückweg antrat, musste es draußen bereits stockfinster sein.

Die Handytaschenlampe auf die Wand gerichtet, tastete er sich vorwärts und stieß endlich auf das mit Kohle gemalte C. Er blieb stehen, macht die Taschenlampe aus, verharrte reglos und gab sich der Stille des Ortes hin. In diesem unwirklich langen Augenblick meinte er klar und deutlich die Stimme des Orakels zu vernehmen, die ihm verriet, was ihn erwartete, welchen Gefahren er entgegenging und dass der Junge gegen ein noch nicht näher benanntes Pfand davonkommen würde. Es war nur ein flüchtiges, hellsichtiges Aufzucken, dann war nur noch sein keuchender Atem zu hören.

Entschlossen schaltete er die Taschenlampe wieder ein, bückte sich und tastete nach der feinen Kerbe, die die lose Steinplatte säumte. Er fand sie, hob den Stein ab, leuchtete in den Hohlraum und entdeckte Acernos Waffen.

Ehe er danach griff, fragte er sich, welch abseitiges Vergnügen den Kriminellen wohl bewogen hatte, sich ausgerechnet diese Höhle als Versteck auszusuchen. Vielleicht um ein uraltes Band zwischen Verbrechen und Heiligkeit zu bestärken. Oder aus reiner Freude an der Schändung. Er meinte einmal gehört zu haben, dass die Camorra ihre Flüchtigen einst in den Sälen des Königspalastes von Caserta versteckte. Als verschaffte es den Bossen einen besonderen Kitzel, die hehren

Monumente der Vergangenheit zu missbrauchen, weil sie glaubten, die Schöpfung der Zeit zu brüskieren würde ihr Ansehen steigern.

Tatsächlich befand sich in dem Loch ein regelrechtes Waffenarsenal: Handfeuerwaffen, Kalaschnikows, Pistolen und dazu der von Ciro erwähnte silberne Colt. Er griff danach, suchte nach den Patronen, setzte die Steinplatte wieder vor das Loch und machte sich auf den Weg zum Ausgang.

Es war zehn Uhr, nur ein Viertelmond erhellte den Park. Gabriele Santoro folgte dem Weg und gelangte nach wenigen Minuten an das Gittertor, das zu dieser Stunde mit einem Vorhängeschloss verriegelt war.

Er wanderte am Zaun entlang, bis er auf eine niedrige Mauer stieß. Mühsam hievte er sich hinauf und sprang mit einem Satz auf die Straße.

Für einige Menschen kommt ein Tag,
An dem sie das große Ja oder das große Nein
Aussprechen müssen.

Konstantinos Kavafis

12.

Als wollte De Vivo glauben lassen, die Suche nach Ciro sei eingestellt, fand Gabriele Santoro die Wachtposten in der Pförtnerloge und auf der Treppe im dritten Stock unbesetzt.

Auf dem Weg die Stufen hinauf überlegte er, welche Strategie wohl dahinterstecken mochte, und deutete es schließlich als ein Vertrauenssignal an Carmine.

Nervös öffnete er die Tür zu seiner Wohnung, holte die Pistole hervor und reckte sie wie Inspektor Callahan im Kino, aber kaum hatte er zwei Schritte in den Flur getan, war Ciro schon bei ihm und riss ihm die Waffe aus der Hand.

Glücklich, sein Lieblingsspielzeug endlich wiederzuhaben, erklärte ihm der Junge haarklein, wie er sie zu benutzen hatte.

Immer wieder ging Ciro die entscheidenden Schritte des Ladens, Zielens und Abdrückens mit ihm durch, begleitet von denselben Worten und Gesten, mit denen seine Brüder ihm das Rüstzeug des Killerhandwerks beigebracht hatten.

Beide waren hochkonzentriert bei der Sache, als wollten sie einander klarmachen, dass die Schießfertigkeit des Maestros über Leben und Tod entschied.

„Ich hab dir schießen gelernt, und was lernst du mir?“, befand der Junge schließlich, und kurz entschlossen schob der Maestro ihn zum Klavier, setzte sich neben ihn und begann wie bei jedem Anfänger mit der ersten Lektion, der des Anschlages.

Er brachte ihm bei, die Hand locker auf die weißen Tasten fallen zu lassen und einen zufälligen Cluster zu erzeugen, und ließ ihn die Übung so lange wiederholen, bis der Junge die richtige Haltung gefunden hatte. Nachdem Ciro die Bewegung mehrmals ausgeführt hatte, fragte er, wozu sie gut sei. Der Maestro antwortete, wie beim Schießen müsse auch der Klavierspieler die Bewegungen seiner Arme und Hände mit der Atmung in Einklang bringen.

Sie übten über eine Stunde lang und der Junge folgte ihm eifrig und höchst konzentriert. Als sie um zehn Uhr aufhörten, bat Ciro ihn, fernsehen zu dürfen. Gabriele schaltete den Apparat ein und ging in die Küche, um etwas zu essen zu machen. Als er mit einem Tablett in der Hand zurückkehrte, war der Junge eingeschlafen. Er hob ihn hoch und brachte ihn ins Bett. Während er sich neben ihn setzte und ihn betrachtete, musste er an Rosario denken. Er fragte sich, ob er ihm sagen sollte, dass sein Freund tot war, und entschied sich dagegen.

Ciros Züge waren gelöst, er sah ganz anders aus als in den ersten Tagen. Er wirkte ruhig und entspannt, als hätte er endlich begriffen, dass er ihm vertrauen konnte.

In den Anblick des Jungen versunken, verlor Gabriele jegliches Zeitgefühl. Um vier Uhr knipste er das Licht aus und kehrte in sein Zimmer zurück. In wenigen Stunden würde er der Eröffnung des neuen Studienjahrs beiwohnen müssen, doch zuvor wollte er in der Kirche Santa Maria Egiziaca vorbeischauen.

Er legte sich ins Bett, fand jedoch vor Gedanken keinen Schlaf. Im Dunkeln wisperte er einen Gedichtvers und erinnerte sich an den strahlenden Namen seiner Verfasserin: Alba.

Und gerade wir, die behüten sollten,
Haben sie verloren.

Nachdem er ihn mehrmals wiederholt hatte, sprang er ungehalten aus dem Bett. Er wusch sich, rasierte sich, und verließ die Wohnung, während Ciro noch schlief. Eine Weile wanderte er durch das menschenleere Viertel und schlug im ersten Morgenlicht den Weg zur Kirche ein.

Obwohl er geglaubt hatte, viel zu früh dran zu sein, wimmelte der Platz bereits von Menschen. Er setzte eine Sonnenbrille auf, die er noch nie zuvor getragen hatte. Er hatte sie in der Schmuckschublade seiner Mutter gefunden. Sein Bruder hatte kein Interesse daran gezeigt, und so hatte er außer zwei Ringen und einer Perlenkette diese Saint-Laurent-Brille mitgenommen, die zwar keine Herrenbrille war, in seinem Gesicht aber dennoch elegant und altmodisch wirkte.

Der Wagen des Bestattungsinstituts parkte bereits mit geöffneter Heckklappe neben der Kirche. Daneben stand ein Polizeiauto mit einem Wachmann am Steuer.

Gabriele schob sich zwischen den Menschen auf den Stufen hindurch in die Kirche und steuerte auf das rechte Seitenschiff zu, wo er auf überwiegend fremde Gesichter traf. Bescheidene, demütige Leute mit schlafverklebten Augen, Blicke, die sich dem ungeschriebenen Gesetz, das diesen verfrühten Tod der

Willkür des Lebens oder arglosem, kindlichem Leichtsinn zuschrieb, nicht fügen mochten.

Er schaute sich um und erkannte Rosarios Mutter an der Haltung ihrer Schultern, eine alterslose Frau, von Schmerz durchdrungen und verstummt. Auch der Vater war ein stummer Mann mit Verliererblick, obschon er womöglich der Einzige war, der das Ende von vornherein geahnt hatte – vermutlich hatten die Täter das Schicksal seines Sohnes vorhergesagt. Ringsum die übliche beliebige Trauergemeinde aus Angehörigen, Freunden und Neugierigen.

Von De Vivos Männern war keiner zu sehen, ebenso wenig Carmine und seine Frau, doch kurz darauf erspähte er Diego im gegenüberliegenden Seitenschiff. Der ehemalige Schüler war in Begleitung des Mannes, den Gabriele am Abend von Diegos Auftauchen durch den Spion gesehen hatte. Offenbar war das Schmerzensspektakel ganz nach ihrem Geschmack.

Kurz darauf betrat der Priester die Szene, ein baumlanger Kerl mit fisteliger Stimme, der zum Auftakt seiner Trauerpredigt von sich selbst überlassenen Kindern sprach. Um der Gemeinde keine Schuld zu geben, beeilte sich der Geistliche, all jenen unschuldigen und arglosen Männern und Frauen die Absolution zu erteilen, denen es in Rosarios schicksalsschwerer Todesstunde verwehrt gewesen war, die rettende, liebende Hand nach ihm auszustrecken.

Auch die Familie sei frei von Schuld, allen voran Vater und Mutter, unschuldige Abwesende, Opfer des Zufalls oder der unergründlichen Willkür Gottes. Gott könne ihren Zorn verstehen, fuhr der Priester fort, doch würde er ihn niemals gutheißen, denn wenn Rosario auserwählt worden sei, wenn ein

Kind aus menschlich nicht fassbaren Gründen zum Opferlamm erkoren worden sei, dürfe es keine Zweifel und keine Bezichtigungen geben. Die Eltern könnten diesen göttlichen Plan nur hinnehmen, in ihrem Schmerz weiter zu Gott beten und ihm für seine Barmherzigkeit danken.

Angewidert versuchte sich Gabriele Santoro zum Ausgang zu schieben, als sich eine Hand auf seine Schulter legte. Er drehte sich um und blickte in Diegos lächelndes Gesicht, das die übliche falsche Ergebenheit mimte, doch der sonst so treuherzige Blick war plötzlich hart, fragend und böse.

„Ich hätte nicht gedacht, Sie hier anzutreffen, kannten Sie Rosario?“, fragte der Schüler geradeheraus.

Der Maestro war in Gedanken woanders. Im Hintergrund fuhr die Fistelstimme des Priesters fort, ihm seine ausgefuchste Rechtfertigung des Verbrechens einzuflüstern.

„Nein, ich kannte ihn nicht“, erwiderte er knapp.

Diego quittierte die Antwort mit einem bedachtsamen Schweigen, als wäre ihm endlich ein Licht aufgegangen. So zumindest erschien es dem Maestro, als er sich im Weggehen noch einmal umdrehte und dem starr auf ihn gerichteten Blick begegnete.

Ach was, er kann gar nichts wissen, er ist nur neugierig, sagte er sich und legte einen Schritt zu.

Als er im Konservatorium ankam, schaute er auf dem Weg in den Hörsaal beim Bibliothekar vorbei, um ihm die Ravel-Biografie zurückzugeben.

Der große Lesesaal war leer, doch in einer Ecke saß, halb hinter der Leselampe versteckt, sein Freund John Lane, der große englische Musikologe und berühmte Gesualdo-da-Venosa-

Forscher. Gabriele hatte gewusst, dass er nach Neapel kommen wollte, aber nicht, dass er bereits da war. Er ging zu ihm hin und sie begrüßten einander mit einer herzlichen Umarmung.

„Man hat mich gebeten, ein Seminar über Modulationslehre abzuhalten. Ich werde rund drei Wochen hier sein und die Gelegenheit nutzen, um meine Recherchen zu beenden. Ich habe meinem Verleger versprochen, mein Manuskript im März abzugeben. Vielleicht treffen wir uns in den nächsten Tagen einmal zu einem unserer kleinen Abendessen."

Der Maestro deutete ein Lächeln an und überließ ihn mit einer gemessenen Verbeugung seinen Büchern.

Als er auf den Flur hinaustrat, lief ihm der Professor für Orchesterleitung, Ernesto Ramondino, über den Weg. Er schien schlagartig gealtert zu sein. Ramondino stürzte auf ihn zu und flüsterte, er sei gezwungen, sein Amt vorzeitig niederzulegen.

„Ich erzähl's dir später, ist eine lange Geschichte. Gehst du zur Gedenkfeier für Vincenzo Vitale?" Ohne die Antwort des Maestros abzuwarten, hastete er weiter.

Gabriele Santoro stellte sich der neuen Klavierklasse mit den üblichen knappen Worten vor und forderte die Schüler auf, aufzustehen und ihre Namen und den Grund zu nennen, weshalb sie hier waren.

Ohne ihre aufgeregten, fahrigen Erklärungen zu unterbrechen, hörte er ihnen zu. Am Ende erzählte er der Klasse eine Anekdote über Nadia Boulanger, eine erstklassige Pianistin und Lehrerin zahlreicher amerikanischer Komponisten.

Als ein Freund sie bat, ihm einen Klavierlehrer für seinen jüngsten Sohn zu empfehlen, wollte Nadia zuerst das Alter des Jungen wissen.

„Er ist sieben“, hatte der Freund geantwortet, und sie hatte ohne zu zögern konstatiert: „Tut mir leid, dann ist es zu spät.“

„Es mag paradox klingen, aber die Boulanger hatte recht, ähnlich wie Zirkusakrobaten sollten Pianisten sehr früh mit dem Klavierspiel beginnen“, fuhr Gabriele Santoro fort, „im Vergleich zu den großen Klavierkünstlern seid ihr also verdammt spät dran und ich fürchte, irgendwann werden sich eure Ambitionen dieser knallharten Tatsache stellen müssen. Das Konservatorium ist keine Schule, die Talent erschafft, sie kann es nur fördern. Auch wenn nicht alles Gold ist, was man euch beibringen wird. Beispielsweise werdet ihr angehalten, euch bei eurem Spiel an die vom Komponisten angegebenen Tempi zu halten, doch manchmal ist diese Tempi-Gläubigkeit ein Gefängnis, wenn nicht gar eine irrige Mystifizierung. Der Zufall hat es gewollt, dass ich einen Lehrer hatte, der mich Bachs Partiten und Beethovens Sonaten in den Tempi spielen ließ, die mir am meisten lagen. Richter, Rubinstein, Bauer, Brendel, Gould genossen die gleiche Freiheit oder haben sie sich genommen. Mit euch werde ich es ebenso halten, doch wenn ihr kein Talent habt, kann ich euch keines herbeizaubern.“

Es folgte ein langes, betretenes Schweigen, dann hob ein baumlanger junger Mann die Hand. Der Maestro erteilte ihm das Wort, und mit einem seltsamen Lächeln stand der Junge auf und formulierte seine scheinheilig klingende Frage:

„Sie haben den Ruf, ein erstklassiger Klavierdozent zu sein, doch haben Sie nie eine Platte aufgenommen und geben schon seit vielen Jahren keine Konzerte mehr. Wie sollen wir uns von Ihrer pädagogischen Herangehensweise überzeugen, wenn wir keine Möglichkeit haben, in den Genuss Ihres pianistischen Könnens zu kommen?"

Der Schüler fixierte ihn ausdruckslos, sein längliches Gesicht wirkte wie aus Marmor gemeißelt. Gabriele Santoro erhob sich, trat ans Fenster, wie um hinauszuschauen, und ließ den Blick ins Leere schweifen.

Von der Klasse unbemerkt kehrte er in die Zeit zurück, als er zwanzig war. Damals vor fünfunddreißig Jahren saß er im Flur des Konservatoriums auf einer Bank, die es heute nicht mehr gab. Die Tür öffnete sich und ein sehr großer, beleibter Mann erschien, der mit sorgenvoll gepresster Stimme sagte: „Komm, Santoro." Folgsam betrat er das Zimmer des Dekans, setzte sich und hörte mit flatterndem Herzen zu, wie dieser Mann, an den sich inzwischen niemand mehr erinnerte, in der ihm eigenen Art das Wort an ihn richtete:

„Eben ist dein Kommilitone Ajello zu mir gekommen und hat dich beschuldigt, ihn belästigt zu haben. Er sagt, du hättest versucht, ihn zu küssen. Stimmt das?"

Statt zu antworten, verbarrikadierte sich Gabriele in der Festung seines Schweigens und blickte dem Dekan unverwandt in die Augen.

Es stimmte, er und Ajello hatten sich geküsst. Ihre Lippen hatten sich plötzlich berührt und in der jäh aufflammenden Erregung hatten sich ihre Zungen vereint. Das hatte nichts mit Belästigung zu tun, sondern mit Begehren, auch wenn Ajello, der gern vor sich selbst davonlief, das niemals zugegeben hätte.

Gabriele Santoro räusperte sich und kehrte abrupt in die Klasse zurück.

„Vermutlich kennen Sie Walter Gieseking?"

„Wie kann man Gieseking nicht kennen, wenn man Pianist werden will?", versetzte der Schüler verdutzt, in dessen säuberlich skandierter Aussprache etwas Falsches mitschwang.

„Dann wissen Sie, dass der Pianist als Kind eine große Leidenschaft für Insektenkunde hegte, für die Schmetterlingsjagd?", fuhr er fort.

„Ja, darüber habe ich gelesen", versetzte der Schüler in seinem pedantischen, antiquierten Ton.

„Gut, dann wissen Sie wohl auch, dass das Musikgenie Gieseking in seiner Kindheit und Jugend keinen richtigen Lehrer hatte. Sein einziger Lehrer war der Vater, mit dem er ganze Nächte auf der Jagd nach Nachtfaltern zubrachte. Doch einige Jahre später schrieb Walter sich am Konservatorium Hannover ein und traf einen unbekannten Pianisten, der sich nach kurzer Zusammenarbeit als großer Lehrer entpuppte. Karl Leimer hieß er. Kennen Sie ihn?"

„Nein", musste der Schüler zugeben.

„Nun, das dachte ich mir. Doch sehen Sie, die Geschichte der Musik wimmelt von Lehrern und Schülern, von denen uns nicht einmal die Namen geblieben sind. Dennoch kann es ohne einen guten Schüler keinen guten Lehrer geben und umgekehrt. Es braucht die Gegenwart des Schülers oder des Lehrers, damit sich einer der beiden dem anderen offenbart. Die Geschichte von Karl Leimer ist hochinteressant, es ist die Geschichte eines völlig unbekannten Pianisten, der dank seiner Methode und des mithilfe seines Lieblingsschülers Walter Gieseking verfassten Lehrbuchs ganze Generationen von Pianisten geprägt hat. Deshalb erinnern wir uns an sie."

Grabesstille erfüllte die Klasse. Gabriele Santoro löste sich langsam vom Fenster und trat auf den Schüler zu.

„Könnten Sie mir freundlicherweise noch einmal Ihren Namen sagen?"

„Andrea Pasi", murmelte der langgesichtige junge Mann unsicher.

„Schön, Pasi. In Zukunft sollten Sie die unergründliche Arbeit der Lehrer nicht unterschätzen. Wir wirken im Dunkeln, doch wir sind es, die die Puppe hegen, aus der plötzlich ein Schmetterling schlüpft", fügte er hinzu und ging an die Tafel, um in großen Lettern Karl Leimers Namen anzuschreiben.

Und jetzt?
Jetzt Verzweiflung und Kummer.
Konstantinos Kavafis

13.

Während der Maestro fort war, vertrieb sich Ciro die Zeit damit, die Menschen im Hof zu beobachten. Inzwischen machte es ihm Spaß zuzusehen, was seine Familie in seiner Abwesenheit trieb. Besonders gern spähte er seinen Vater Carmine aus, der die meiste Zeit des Tages im Hof zubrachte.

An einem der vergangenen Abende hatte Ciro ihn zusammen mit dem Dicken auftauchen sehen. Sie hatten hitzig aufeinander eingeredet, und plötzlich hatte der Vater den anderen mit einem brutalen Stoß gegen die Mauer gedrückt und mit Faustschlägen traktiert. Der Anblick war dem Jungen so unerträglich, dass er die Augen zukneifen musste. Als er sie wieder öffnete, war der Vater verschwunden und der Dicke lag blutend am Boden. Kurz darauf kreuzten Diego und ein weiteres Bandenmitglied auf und schafften ihn fort.

Ein anderes Mal beobachtete er, wie der Vater auf seinen ältesten Sohn Nicola losging, den Ciro wegen seiner ausgeprägten kriminellen Begabung immer für Carmines Liebling gehalten hatte. Dann wieder sah er ihn stundenlang in einer schattigen Ecke auf dem Mäuerchen sitzen, und jedes Mal fragte er sich, was dem Vater wohl im Kopf herumging und ob er Gott vielleicht im Stillen darum bat, sein Sohn möge nie mehr zurückkommen.

Seit Ciros Verschwinden waren zehn Tage vergangen und inzwischen gingen die meisten Bewohner des Viertels davon aus, dass der Junge nicht mehr auftauchen würde. Allmählich glaubten auch Carmine und seine Frau Angela daran. Nicht aber De Vivo, er nicht. Das verbat ihm seine Lebenseinstellung, die schlichte, knallharte Überzeugung, dass alles, was seiner Macht im Weg stand oder sie bedrohte, dem Tod zu überantworten sei. Dass seine Rache unvollendet bleiben könnte, ließ seine kriminelle Hybris nicht zu. Inzwischen hatte sich in Neapel der Verdacht erhärtet, er habe den Überfall auf seine Mutter inszeniert, um ihren Platz einzunehmen.

Als Gabriele Santoro zu seiner Wohnung hinaufstieg, begegnete er auf der Treppe im zweiten Stock sechs Männern des Camorrabosses. Sie kamen aus der Wohnung der Acernos und schlenderten in ein murmelndes Gespräch vertieft die Stufen hinab. Einer von ihnen, ein hagerer Schlaks, den er noch nie im Viertel gesehen hatte, warf ihm einen rotzigen Blick zu. Fest entschlossen, sich nicht provozieren zu lassen, ging der Maestro ungerührt weiter. Im dritten Stock gab er seiner Neugier nach und spähte über das Geländer in den Treppenschacht hinunter.

Die Gruppe war im Erdgeschoss stehen geblieben, einer von ihnen sagte etwas, und das schallende Gelächter, das folgte, ließ Gabriele Santoro vermuten, dass er einen Witz auf seine Kosten gerissen hatte, einen dieser dreckigen Witze, die zu kurz gekommene Männer gern zum Besten geben, um bloß nicht als Schwuchtel zu gelten. Der hagere Schlaks wiederholte das unselige Wort gleich mehrfach und erntete das selbstgefällige Feixen der anderen. Nie zuvor war der Maestro, der obendrein alles andere als eine effeminierte Schwuchtel war, mit diesem Schmähwort bedacht worden.

Durch das große Fenster des Treppenabsatzes sah Gabriele zu, wie die Bande auf den Platz hinaustrat, und flüsterte die Verse eines Kavafis-Gedichtes in sich hinein:

Als ich die verrufene Treppe hinabstieg,
Kamst du durch die Tür, und für einen Augenblick
Sah ich dein fremdes Gesicht und du das meine.
Ich verbarg mich, deinen Blick fliehend, und
Du eiltest rasch vorbei, mit abgewandtem Gesicht,
Entschwandest in das verrufene Haus,
Wo du kaum mehr Vergnügen finden würdest als ich.

Und doch, die Liebe, die du suchtest, hatte ich dir zu geben;
Die Liebe, die ich suchte – deine müden, verständnisvollen
Augen sagten es mir –, hattest du für mich.
Unsere Körper ahnten und suchten einander,
Unser Blut und unsere Haut verstanden.

Dennoch verwirrt verbargen wir uns voreinander.

Als er in die Wohnung kam, lag der Junge mit halb offenen Augen, wie in Trance, rücklings auf dem Bett. In den letzten Tagen hatte Ciro sich in seinem Zimmer eingelebt und verbrachte viele Stunden dort. Gabriele empfand seine Anwesenheit nicht mehr als störend, vielmehr war er froh darüber.

Er steuerte geradewegs auf die Schreibtischschublade zu, holte die Pistole hervor und machte sich bedächtig daran, die Trommel mit Kugeln zu bestücken.

Es war fast drei, in wenigen Stunden würde er in dem Hotel sein müssen, in dem De Vivo ein Stelldichein mit einer Frau hatte. Er setzte sich und wartete, bis Ciro aufwachte.

Die kurze Atempause genügte der Spinne in seinem Kopf, ihre Fäden weiterzuspinnen.

Er stand wieder im Konservatorium vor dem Dekan, entnervt von seinen Drohungen:

„Sollte sich so etwas wiederholen, wirst du der Schule verwiesen und dein Kommilitone erstattet Anzeige."

Und abermals hatte er geschwiegen.

Es verstrich ein gefährlich langer Augenblick der Traumverlorenheit, schon drohte er sich in sinnlosen, verstiegenen Gedankenspiralen zu verlieren, als Ciros helle Stimme ihn jäh in die Wirklichkeit zurückriss.

„Was machst du?"

„Nichts", antwortete Gabriele vermeintlich gelassen. Er wandte sich dem Jungen zu, der ihn anlächelte.

In der Zeit, die mir noch bleibt, kann ich dem Jungen ebenso gut seine zweite Klavierstunde geben, überlegte er.

Diesmal wollte er sich den Noten und Intervallen widmen. Und in dieser Stunde bewies sein neuer Schüler Ciro, Sohn eines Camorrista, aufgewachsen in einer moralisch verkommenen Welt, dass er musikalisches Talent besaß. Gabriele beschlich sogar der Verdacht, er könnte über das absolute Gehör verfügen.

Er rief im Hotel an, um ein Zimmer zu reservieren, und nannte dem Rezeptionisten den Mädchennamen seiner Mutter, Jodice. Er mochte den Namen, und vielleicht brachte er ihm Glück.

Zum Abschied schloss Ciro ihn in der Tür lang und fest in die Arme, dann riss er sich von ihm los, als wäre es ihm peinlich, und stürmte davon.

Der alte Ford des Maestros war unweit der Via Vicaria Vecchia geparkt, in der seit geraumer Zeit einer von De Vivos Gegenspielern das Sagen hatte, ein gesetzloser Grünschnabel, wie ihn der Boss genannt hatte. Tatsächlich war kein Mensch auf der Straße, die Nachrichten von den blutigen Schießereien der letzten Tage hatten eine verständliche Angst geschürt.

Wie unter Ausgangssperre stieg Gabriele Santoro in den Wagen und startete den Motor, als wie aus dem Nichts ein Motorrad mit zwei nicht gerade freundlich dreinblickenden Typen ohne Helme auftauchte. Gabriele trat sacht aufs Gas und setzte sich, ohne sie eines Blickes zu würdigen und als hätte er sie nicht bemerkt, in Bewegung.

Mit einer nie gekannten inneren Ruhe schlug er den Weg zum Bahnhof ein, nahm den Corso Meridionale bis zum Corso Malta und bog auf die Stadtautobahn ein.

Der Tag war spätsommerlich und strahlend, das Meer ruhig und olympisch und wie immer. In gleichmäßigem Tempo folgte der Maestro der Wegbeschreibung des Navigationsgerätes, hielt strikt Tempo fünfzig bis nach Pozzuoli, querte drei völlig identische und gleichermaßen unverhältnismäßige Kreisverkehre und nahm die Panoramastraße nach Lucrino. Unweit des Lago d'Averno, dem Eingang zur Unterwelt, blieb er stehen und wartete, bis rund dreißig von ehrenamtlichen Helfern begleitete Behinderte aus einem Reisebus gestiegen waren. Im Gänsemarsch zockelten sie zu einem Rastplatz, um dort zu picknicken.

Nach zwanzig Minuten hielt er vor dem Hotel mit der absurden, schreiend hässlichen Turmarchitektur. Er stieg aus, um sich auf der Strandpromenade die Beine zu vertreten und die Umgebung in Augenschein zu nehmen: eine Bar, ein Tabakladen, ein Gartenmöbelgeschäft.

Dieses Mal stand ein Mann in den Sechzigern an der Rezeption, eine Zigarettenspitze mit veilchenfarbener Zigarette zwischen den Zähnen. Gabriele verlangte nach seinem reservierten Zimmer, das gleich neben dem De Vivos lag, und überlegte, dass dies wohl ein Freund des Bosses sein musste.

„Warum ausgerechnet das?“, fragte der Mann und zog zum x-ten Mal an seiner Zigarette.

„Ich habe vor dreißig Jahren mit meinem Vater dort gewohnt“, log der Maestro.

„Vor dreißig Jahren gab’s uns noch gar nicht“, entgegnete der Typ sarkastisch.

„Das kann nicht sein. Dann würde ich mich irren, und das passiert mir so gut wie nie“, versetzte Gabriele Santoro ungerührt.

Mit verdutzter Miene drehte der Mann sich um, nahm träge den Schlüssel vom Brett und hielt ihn ihm hin.

Das Zimmer war trostlos, die Einrichtung schmuddelig grün lackiert, die geblümten Vorhänge an den Fenstern halb heruntergerissen. In den Zementboden im Bad waren drei einsame rosa Fliesen eingelassen.

Es gab auch einen Balkon, der auf den Strand hinausging und nur durch eine bröckelige Mauer von dem des Bosses getrennt war. Durch einen Riss in der Mauer konnte man hinüberspähen. Der Maestro linste hindurch und sah ein

Tischchen mit einem Eiskübel, in dem eine Flasche und zwei Gläser steckten.

Dann nahm er auf dem einzigen Plastikstuhl im Zimmer Platz und wartete.

Schnell und heimlich.

Konstantinos Kavafis

14.

Den unergründlichen Wegen des Geistes folgend, war Gabriele Santoro in das Bild von Mutter und Vater vertieft, die zur Melodie einer Milonga tanzten, als plötzlich das Quietschen einer Tür und Schritte zu hören waren, dazu zwei Stimmen, die sich vergeblich bemühten, leise zu sprechen. In jenem Zwielicht, in dem der Verstand zu erfassen versucht, was unentdeckt bleiben soll, fiel ihm vor allem der seltsam falsettartige Tonfall der Frau auf.

„Na hör mal, nicht mal 'n Gläschen, legst einfach los?", sagte sie mit einer Stimme, die bereits sehr müde klang.

Er stand auf, schlich möglichst lautlos auf den Balkon, legte das Auge an den Riss und erspähte De Vivos Gesicht, der gierig die Flasche entkorkte und den Körper der Frau mit heißhungriger Ungeduld begrapschte. Plötzlich tauchte ihre blonde Mähne im Sichtfeld auf. Sie wirkte zierlich, zerbrechlich, aber da sie nur von hinten zu sehen war, konzentrierte Gabriele sich auf die bartlosen Züge des Bosses, auf die wässrigen Satyraugen, die faltige, braungebrannte Haut, fasziniert von seiner künstlichen Ausstrahlung, der aufgesetzten Würde, die an einen pensionierten Kellner oder einen alterslosen Clown erinnerte.

De Vivo schenkte den Champagner in die Gläser und er und die Frau stießen schweigend an. Dann beugte sich der

Boss vor, um sie zu küssen, und im nächsten Augenblick war das Paar aus dem Blickfeld verschwunden.

Trotz der fraglos dünnen Wände konnte Gabriele nur ein mattes Rumsen hören, wie von einem aufprallenden Körper. Sonst nichts, nicht das leiseste Stöhnen.

Doch ganz gleich, was sich zwischen De Vivo und der Frau abspielen mochte: Um die Zeit ihrer schrägen Nummer zu überbrücken, schloss Gabriele die Augen und konzentrierte sich auf seinen Atem.

Als ihn die Langeweile beschlich, wagte er einen Blick hinaus, um nachzusehen, ob auf der Straße Männer des Camorrabosses Wache standen und nach möglichen Hinterhalten ausschauten. Ohne sich aus dem Zimmer zu wagen, spähte er Richtung Strandpromenade, entdeckte einen grauen Passat und befand, dass der Boss sich für diesen Tag ein ungewöhnliches Auto ausgesucht hatte. Auf dem Mäuerchen des Gartenmöbelgeschäftes daneben hockte ein einzelner Mann um die fünfzig. Er rauchte mit der Trägheit eines Menschen, der die Einsamkeit und das Warten liebt, doch seiner Haltung und dem Gesicht nach zu urteilen war er kein Krimineller.

Gabriele Santoro hatte die Möglichkeit mit einkalkuliert, dass, kaum hätte er De Vivo ermordet, dessen Schutzengel ihn kaltmachen würden. Auch hatte er sich ausgemalt, ihn durch ein Kopfkissen zu erschießen, wie in dem alten Film *Dillinger ist tot* von Marco Ferreri. Das Kissen würde den Schall dämpfen, sodass der Schuss nicht zu hören wäre. Doch trotz seiner endlosen Grübeleien über die Tat war er nicht bis zu ihren Einzelheiten vorgedrungen. Jedes Mal hatte er bei dem entstellten Gesicht des Bosses und dem blutgetränkten Kissen haltgemacht.

So hatte er sich nie überlegt, was er mit der Frau anstellen würde. Es war vorauszusehen, dass sie nach dem sexuellen Intermezzo noch einen Moment bleiben würde, um zu duschen und sich anzuziehen. In dem Fall hätte er freie Bahn.

Durch die Wand drang plötzlich die Melodie eines alten Liedes, das der Maestro seit Jahren nicht mehr gehört hatte, *fenestra ca lucivi e mo non luci* – eine Art Serenade auf die Lebenden und die Toten – *chiagneva sempre ca dormeva sola e mo dorme co li muorte accompagnata.* Er stellte sich vor, dass De Vivo sang, während die Frau ihn bestieg. Manchmal haben ältere Männer diese jähen Gefühlsanwandlungen, dachte Gabriele. Jetzt ist wohl der Moment gekommen, sagte er sich und griff nach dem Colt. Er schlüpfte auf den Flur hinaus und verharrte lauernd vor der Nachbartür: Tatsächlich, es war der Boss, der da sang. Unversehens hielt Gabriele inne und verwarf seinen Plan. Nicht aus Angst, sondern aus Vorsicht. Vermutlich hatte De Vivo vorsorglich abgeschlossen. Ganz bestimmt sogar, es wäre also vollkommen sinnlos, die Tür öffnen zu wollen – er hätte ihn nur gewarnt. Einen Moment lang stand er da und überlegte, was zu tun war, dann kehrte er in sein Zimmer zurück.

Tatenlos verharrte er dort, bis vom Nachbarbalkon plötzlich ein vergnügtes Pfeifen herüberdrang. Er schlich zum Mauerspalt und sah De Vivo mit nacktem Oberkörper dastehen und pfeifend aufs Meer blicken.

Jäh verstummte De Vivo, erstarrte alarmiert. Langsam drehte er sich zu der Trennwand um, hinter der Gabriele kauerte. Blitzschnell riss sich der Maestro von dem Spalt los und presste sich mit angehaltenem Atem gegen die Mauer, bis der Boss endlich ins Zimmer zurückkehrte. Kurz darauf meinte er das Wimmern der Frau zu hören – er war sich nicht ganz sicher, es konnte auch ein lustvolles Stöhnen sein. Das Wimmern wurde lauter und eindeutiger: Es war der Laut eines Menschen, der eine unerträgliche körperliche Schmach erleidet. Dann wurde es vollkommen still, nur das ferne Rauschen des Meeres war zu hören.

Ein paar endlose Augenblicke später öffnete sich De Vivos Zimmertür und Schritte entfernten sich, schwere Schritte, die nicht der Frau gehören konnten. Gabriele lauschte angespannt. Die Tür schloss sich wieder.

In planloser Hektik schnappte er sich den Colt und schlich hinaus.

Der Boss stand mit dem Rücken zu ihm im Flur. Gabriele wollte gerade einen lautlosen Schritt auf ihn zu machen, als die Zimmertür abermals aufging und die Frau erschien. Als er ihr Gesicht sah, erkannte der Maestro, dass sie höchstens fünfzehn war. Sie hatte Sommersprossen und einen leeren Blick und bemerkte ihn nicht einmal.

Während sie den Flur hinunterging, hob der Maestro zitternd den Colt, um ihn auf De Vivo zu richten, doch das Mädchen in seinem durchsichtigen schwarzen Satinkleidchen, unter dem die streichholzdünnen Beine und der schmale Strich des Tangas hervorblitzten, versperrte ihm das Ziel.

Gleich darauf waren der Verbrecher und seine Begleiterin verschwunden und ließen ihn unverrichteter Dinge zurück.

Er stürzte durch sein Zimmer auf den Balkon und konnte gerade noch sehen, wie die beiden ihrer Wege gingen, der Boss stieg in den grauen Steuerberater-Passat und das Mädchen schlenderte wie in Zeitlupe davon, als hinderten ihre Gedanken sie an einer normalen Schrittgeschwindigkeit.

Es hätte sowieso nicht lange gedauert.
Konstantinos Kavafis

15.

Er wollte Ciro nicht sagen, dass seine Mission gescheitert war. Nachdem er nach Hause gekommen war und sich umgezogen hatte – wer weiß, weshalb er den dunklen Anzug gewählt hatte, den er früher zu seinen Konzerten trug –, erteilte er dem Jungen seine dritte Klavierstunde, die sich auf den gehaltenen Anschlag und die Fingerhaltung konzentrierte. Während er die Technik Schritt für Schritt erklärte, gewahrte er, dass Ciro eine wie für das Klavierspiel geschaffene Geschmeidigkeit besaß, und als er sah, wie verblüffend geschickt er zwischen den Fingern wechselte, erfüllte ihn eine Befriedigung, wie er sie in seinem gesamten Klavierlehrerdasein noch nicht empfunden hatte. Am Abend spielte er dem Jungen eine rare Aufnahme von Cortot vor, der die *Préludes* von Chopin interpretierte, und stellte mit Begeisterung fest, dass Ciro ihnen ernst und andächtig lauschte. In seinem Überschwang zeigte er ihm eine seltene Filmaufnahme, in der Cortot eine Schülerin anhielt, das von ihr gespielte Schumann-Stück nicht nur zu spielen, sondern zu träumen. Er versuchte sogar, ihm den französischen Begriff *rêverie* darzulegen, der einem Kind schwer zu vermitteln war, obwohl er dem Klavier gleichsam innewohnte, und erläuterte ihm den sublimen Moment, als der große Pianist den Platz seiner Schülerin einnahm, mit vollem, klarem

Spiel dasselbe Stück interpretierte und ihr zeigte, wie sich durch die Reinheit des kristallinen Klanges die Grenze zum Traum überwinden ließ.

Obwohl er wusste, dass es völlig irrsinnig war, einem kleinen Jungen derart komplexe Erfahrungen zu vermitteln, tat Gabriele Santoro so, als wäre es das Normalste der Welt.

Plötzlich klingelte das Telefon, und ohne seinen überschwänglichen Vortrag über Cortot und die wunderbare Einstellung zu unterbrechen, mit der der Kameramann ihn im Gewand des Schamanen-Pianisten für die Nachwelt gebannt hatte, ging er an den Apparat.

Um diese Uhrzeit rief für gewöhnlich sein Vater an, doch an diesem Abend war Diego am anderen Ende. Sein Ton war kurz angebunden, dreist geradezu.

„Guten Abend, Maestro, ich habe versucht, Sie am Nachmittag zu erreichen, doch Sie waren nicht zu Hause. Darf ich fragen, was Sie gemacht haben?"

Gabriele Santoro schwieg, am liebsten hätte er einfach aufgelegt. Doch Diego redete weiter auf ihn ein und ließ ihm keine Gelegenheit dazu.

„Tatsächlich waren Sie auch gestern nicht zu Hause. Seltsam. Das sieht Ihnen gar nicht ähnlich, im Viertel kennt man Sie als Stubenhocker, der fast nie die Nase vor die Tür steckt. Woher der plötzliche Aktivismus?"

Diegos unverschämter Ton ließ den Maestro blass werden.

„Morgen früh komme ich Sie besuchen. Sie müssen mir versprechen, nicht fortzugehen, denn ich muss Ihnen etwas Dringendes sagen", schob der Schüler nach und verabschiedete sich brüsk.

Als Gabriele auflegte, blickte Ciro ihn ängstlich an. Obwohl er genau merkte, dass etwas nicht stimmte, stellte er keine Fragen.

Der Maestro wählte eine Nummer und ließ das Telefon lange vergeblich klingeln. Bestimmt ruft er Biagios Handy an, dachte Ciro, behielt es jedoch für sich.

Nachdenklich schaute Gabriele auf die Uhr und sagte, er müsse kurz den Müll runterbringen. Er ging in die Küche, band den Müllsack zu, trat aus der Wohnung und machte sich auf den Weg die Stufen hinunter.

Als er zur Pförtnerloge kam, stellte er fest, dass die Haustür halb offen stand, und gleich darauf tauchte eine Gruppe dunkel gekleideter Männer und Frauen mit typischen Beerdigungsgesichtern auf. Unter ihnen war der Besitzer des Tabakladens, dem er grüßend zunickte, ehe er auf die Straße hinaustrat und feststellte, dass etwas Ernstes passiert sein musste. Vor dem Haus hatte sich eine vornehmlich männliche Menschenschar versammelt. Ein paar von ihnen drehten sich nach ihm um, während er bemüht gelassen auf die Müllcontainer zusteuerte und den Sack hineinwarf. Auf dem Rückweg lief er Gaudenzi über den Weg, der ebenfalls in grauem Anzug und schwarzer Krawatte war, und überwand sich zu der förmlichen Frage, was geschehen sei.

„Carmine Acerno", murmelte der Postbeamte nur leise, als würde die Nennung dieses Namens jedes weitere Wort erübrigen. Gabriele Santoro erwiderte die lakonische Art seines Nachbarn mit einem vagen Nicken und ging davon.

Im Treppenhaus begegneten ihm weitere Besucher, die mit finsteren, leeren Gesichtern von Angelas Stockwerk herunterkamen.

Zurück in seiner Wohnung, sagte er Ciro nichts. Der Junge sah zu, wie er zum Hängeboden ging, ihn öffnete und einen Koffer herunterholte, und folgte ihm ins Arbeitszimmer, wo der Maestro anfing, die wenigen Kleidungsstücke seines Gastes einzupacken, die Hemden, die Hosen, das Sweatshirt, die Unterhosen. Er trug den Koffer in sein Schlafzimmer und legte ein paar Sachen aus seinem Kleiderschrank dazu. Dann setzte er sich ins Arbeitszimmer und wartete.

Er ließ zwei Stunden verstreichen, ehe er zu dem Jungen ging, der inzwischen eingeschlafen war, ihn wachrüttelte und sagte:

„Mach dich fertig, wir können nicht hierblieben, es ist zu gefährlich. Wir müssen verschwinden. Ich gehe als Erster mit dem Koffer hinunter, und wenn die Pförtnerloge leer ist, pfeife ich eine Melodie, dann kommst du nach. Du versteckst dich hinter dem Pförtnertresen, bis ich das Auto geholt habe. Du zählst bis fünfzig, dann kommst du raus und triffst mich vor dem Haus."

Sie blickten einander lange stumm an, als wollten sie einen einzig mit Blicken geschlossenen Pakt besiegeln, dann knipste der Maestro das Licht aus, nahm den Koffer, verließ die Wohnung und ließ die Tür einen winzigen Spalt offen, damit Ciro sein Pfeifen hören konnte. Tatsächlich erklang wenige Minuten später eine Melodie, die der Junge mit ein wenig musikalischer Kenntnis als ein Thema aus Bizets *Carmen* hätte erkennen können.

Den Anweisungen des Maestros folgend duckte sich Ciro hinter den Tresen der Pförtnerloge, doch kaum hatte er fünf der fünfzig Sekunden gezählt, knirschte ein Schlüssel im

Schloss der Eingangstür, und in instinktiver Panik flüchtete er sich in die Portierswohnung.

Durch den Türspalt sah er den Dicken vorbeigehen, noch immer lädiert von der Abreibung, die ihm Carmine verpasst hatte, und wich, um nicht von ihm entdeckt zu werden, in die klamme, muffige Trübnis der Portierswohnung zurück.

De Vivos Mann blickte sich um und ging die Stufen hinauf, und Ciro begann, im Takt seiner Schritte bis fünfzig zu zählen.

Als der Dicke anhielt, überschlug der Junge die Anzahl der Stufen und folgerte, dass er im dritten Stock angekommen sein musste, um dort die Tür des Maestros zu überwachen. Ohne länger zu zögern, schlüpfte er aus dem Haus.

Der Ford stand bereits dort und wartete. Ciro öffnete die Tür und sprang hinein, und der Maestro legte den Gang ein und fuhr los.

Von De Vivos Männern war niemand zu sehen, und in null Komma nichts hatten die beiden das Viertel verlassen und waren in Sicherheit. Der Junge war wie elektrisiert von der Flucht, doch Gabriele wirkte zusehends angespannt und finster.

Sie schwiegen eine Weile, doch irgendwann hatte Ciro genug.

„Wo fahren wir hin?“

„An einen schönen Ort“, antwortete der Maestro lakonisch.

Der Junge ließ nicht locker und wollte den Namen des Ortes wissen.

„Aufs Land, nach Cusano Mutri, zu meinem Vater“, sagte der Maestro widerstrebend.

„Da war ich schon, in Cusano Mutri", murmelte Ciro ebenso lakonisch.

„Ach ja, und warum?"

„Kann ich nich sagen."

Abermals versanken sie in Schweigen.

Nach einer halben Stunde fuhr Gabriele an eine Tankstelle. Er fragte den Jungen, ob er aufs Klo müsse, woraufhin der den Kopf schüttelte, oder ob er Wasser oder etwas zu essen wolle.

„Eine Cola", flüsterte Ciro. Der Maestro stellte sich an der Kasse an, kaufte dem Jungen eine Cola, sagte ihm, er solle sich nicht vom Fleck rühren, und verschwand auf der Toilette.

Der hinkende kleine Kerl, der pinkelnd neben ihm stand, schien ihn im Auge zu behalten. Schon an der Kasse hatte er seine kalten, zudringlichen Blicke bemerkt.

Gabriele ging sich die Hände waschen und ließ den Kerl nicht aus den Augen. In aller Seelenruhe knöpfte der Mann sich die Hose zu, trat rechts von ihm an das Waschbecken und beugte sich vor, um sich ebenfalls die Hände zu waschen. Er ließ sich Zeit damit und linste hin und wieder verstohlen zu ihm herüber. Als er endlich hinausging, folgte Gabriele ihm und sah ihn zu seiner Erleichterung auf ein Auto zusteuern, in dem eine Frau mit einem Neugeborenen wartete.

Nach einer weiteren Stunde Fahrt hielten Ciro und er zu nachtschlafender Zeit endlich vor einem Haus, das von einem Wald aus Eichen und Korkeichen umgeben war.

Sie wurden von einem alten, hageldürren Mann mit hakennasigem Vogelgesicht empfangen, der aussah, als gehörte er zu einer ausgestorbenen ornithologischen Spezies. Der Greis war Gabrieles Vater und hieß Massimo, und obwohl er einigermaßen überrascht schien, seinen Sohn in Begleitung eines Kindes zu sehen, sagte er nichts.

Trotz seines hohen Alters lebte er allein und hatte etwas sanftmütig Fahriges an sich. Er fragte Ciro, ob er müde sei, und bot ihm eine Tasse heiße Milch an. Der Junge stammelte ein mühsames Danke, das verriet, wie erschöpft er war.

Gabriele zeigte ihm das Zimmer, in dem er schlafen sollte. Das Bett war noch nicht gemacht, doch Ciro warf sich angezogen hinein.

Der Maestro und sein Vater unterhielten sich noch im Wohnzimmer. Statt sich zu setzen, begann der Alte, mit kauzigen kleinen Schritten in dem großen, mit Büchern vollgestopften Zimmer auf und ab zu tippeln, und Gabriele streckte sich auf dem Sofa aus und überließ sich seiner Rolle als Sohn.

Er hatte erwartet, dass der Vater ihn nach dem Jungen fragen würde und wo er plötzlich herkam. Doch der Alte tat so, als wäre nichts, erzählte, womit er gerade beschäftigt war, vor allem mit der Überarbeitung seines ersten Vorlesungsskripts über Gorgias – Massimo war Emeritus für Philosophie an der Universität Neapel Federico II –, und dass er sich angewöhnt habe, frühmorgens im Wald spazieren zu gehen.

Die Sache mit der Revision seiner Gorgias-Notizen wiederholte der Vater dreimal, als spräche er zum ersten Mal darüber. Es war schmerzlich zu sehen, wie viel Mühe es ihn offenbar kostete, den Faden seiner Gedanken nicht zu verlieren.

„Das Interessante an Gorgias ist, dass das Unglück angeblich dort seinen Anfang nimmt, doch dem ist nicht so. Es geht nicht um Täuschung, sondern vielmehr um die Ehrlichkeit desjenigen, der den Wert des Zweifels anerkennt. Gorgias ist der Erste, der begriffen hat, dass Wort und Schrift das Denken verderben, verstehst du?"

Irgendwann merkte der Vater, dass Gabriele eingeschlafen war. Er deckte ihn mit einer alten Wolldecke zu und löschte das Licht.

Als der Maestro am nächsten Morgen erwachte, war niemand im Haus. Er schlenderte durch die Räume und verweilte im väterlichen Arbeitszimmer.

Neben Büchern und Zetteln war der Schreibtisch mit unzähligen Karteikarten und einem Notizheft vollgekramt, auf dem eine Brille lag. Bei genauerem Hinsehen stellte er fest, dass die mit winziger Handschrift beschriebenen Karteikarten die besagten Gorgias-Studien betrafen.

Plötzlich tauchten der Vater und Ciro vor dem Haus auf. Gabriele trat ans Fenster und sah die beiden auf einem Pfad Richtung Wald davonstapfen. Er überlegte kurz, ob er sie begleiten sollte, und beschloss, sie allein losziehen zu lassen.

Er machte sich einen Kaffee, röstete sich ein Stück Brot, setzte sich an den Küchentisch, und abermals holte ihn die Vergangenheit ein, diesmal aber auf tröstliche Art.

Der Vater, die Mutter, der Bruder, die Frühstücke während der langen, erschöpfenden Sommer vor vielen Jahren. Er mochte wohl fünfzehn Jahre alt gewesen sein, als der Vater ihn in dieser Küche rundheraus gefragt hatte, ob ihm Männer lieber seien als Frauen. Gänzlich ungeniert und mit der gnadenlosen Offenheit jener ihm unerträglichen Menschen, die glauben, nie ein Blatt vor den Mund nehmen zu müssen.

Doch statt zu schweigen wie sonst, hatte Gabriele das Gefühl gehabt, er könne sich dem Vater schadlos offenbaren. Er hatte nach dürftigen, unbeholfenen Worten gerungen, die ihm erst klarer werden sollten, nachdem er das Gedicht *Verwirrung* von Kavafis gelesen hatte:

Mitten in der Nacht verwirrt sich meine Seele,
Ist wie gelähmt. Ihr Leben liegt draußen,
Außerhalb von mir.

Und sie wartet auf die unwahrscheinliche Morgenröte,
Und ich warte, quäle, langweile mich,
Ich, in ihrer Mitte oder mit ihr.

Der Vater hatte sich ausnehmend offen gezeigt, ihm lächelnd über die Wange gestreichelt und ihm sogar einen Wunsch mitgegeben: „Denk dran, fürchte dich niemals vor deinen Sehnsüchten." Ein sibyllinischer Satz, den er, so vieldeutig er auch sein mochte, als befreiend empfunden hatte. Doch die unwahrscheinliche Morgenröte hatte sich nie gezeigt, und immer noch verzehrte sich Gabriele Santoro in zermürbendem Warten.

Als Ciro und sein Vater noch immer nicht zurück waren, beschloss der Maestro, die beiden suchen zu gehen. Er nahm den Pfad in den Wald und machte sich in gemächlichem Tempo auf den Weg zu einer Lichtung, auf der seine Eltern früher gern ihre Sommernachmittage verbracht hatten. Doch als er dort ankam, war niemand zu sehen. Das klare Licht ließ die Farben leuchten, die Luft war kalt. Er schlug einen Pfad ein, der immer tiefer in den Wald führte, und musste wieder an De Vivo und seine kindliche Geliebte denken.

Er wurde das Bild dieses haarlosen Mannes nicht los, der sich über das sommersprossige Mädchengesicht beugte und es küsste, und vor allem hing ihm das erstickte, unheilvolle, unbegreifliche Wimmern nach, das er gehört hatte, ehe die beiden gegangen waren.

Wer weiß, weshalb das Böse sich stets im Grotesken zeigt, überlegte er.

Nach einer Weile machte der Pfad eine Kurve und endete abrupt. Wind und Regen hatten einen riesigen Baum umgerissen, der den Weg versperrte. Er blieb stehen, lauschte der Brise, die durch das Laub der Eichen strich, und blinzelte zum Himmel jenseits der wogenden Wipfel empor. Dann sah er auf die Uhr. Zwei Stunden waren vergangen, seit Ciro und der Vater losmarschiert waren. Dennoch war er kein bisschen besorgt. Er konnte nicht ahnen, dass der Junge in ebendiesem Moment neben dem Alten kauerte und ihn ängstlich beäugte.

„Geht es dir gut?", fragte Ciro und wartete bang, dass der Alte sich von dem Unwohlsein, das ihn hatte zusammensacken lassen, erholte.

„Es ist nichts, das passiert mir öfter, es braucht nur einen Moment, dann geht es wieder", nuschelte Massimo. Der Junge ergriff seine Hand, die sich kalt und schweißfeucht anfühlte.

Als er ihm am Morgen Frühstück gemacht hatte, hatte Gabrieles Vater lächelnd abgewartet, bis der Kleine aufgegessen hatte, und angefangen, mit ihm über Fußball zu reden. Er hatte sich erkundigt, auf welcher Position er gerne spielte, und

Ciro hatte geantwortet, seine Kameraden ließen ihn nur Verteidiger sein.

Während des Spaziergangs hatten sie geschwiegen, und dann war der Professor plötzlich zusammengesackt und hatte in kaum vernehmlichem Flüsterton herausgebracht, er müsse sich keine Sorgen machen. Als es ihm wieder ein wenig besser ging, fragte er den Jungen nach seinem Namen.

„Ciro", lautete die zittrige Antwort.

„Wie der König von Persien", sagte der Alte, und nur sein Schmunzeln verriet, dass er scherzte.

Dann schloss er die Augen, und während der Junge seine eingefallenen Lider, die trockenen Lippen, die kreideweiße, von Runzeln durchfurchte Haut musterte, musste er an einen anderen Mann denken, den er hatte sterben sehen, an seinen Großvater mütterlicherseits. Also machte er ebenfalls die Augen zu und wartete.

So wie du kannst,
arbeite endlich, Verstand.
Konstantinos Kavafis

16.

Während des langen Wartens auf Ciro und seinen Vater deckte Gabriele den Tisch und kochte das Mittagessen. Er hatte sich für Pasta mit Kartoffeln entschieden, Massimos Lieblingsgericht. Als die beiden endlich auftauchten, verloren der Professor und der Junge kein Wort über den Zwischenfall. Der Alte war mit Ciro sehr deutlich gewesen:

„Hör zu, mein Sohn darf von diesem Schwächeanfall nichts wissen. Er würde sich nur unnötige Sorgen machen. Das Leben ist ein Krankenhaus, in dem jeder Patient den Wunsch hat, sein Bett zu wechseln, hat ein großer französischer Dichter einmal gesagt, und da ist was dran, doch in meinem Alter schrumpft das Leben auf wenige wesentliche Dinge zusammen, es hätte keinen Zweck, das Bett zu wechseln."

Obwohl er den Sinn der Botschaft nicht recht verstand, hatte der Junge genickt, und dann hatten er und der Professor sich wieder in Bewegung gesetzt.

Wieder daheim, war Ciro nicht wohl in seiner Haut. Er schwankte, ob er diesen für ihn unverständlichen Pakt einhalten sollte oder nicht, aber dann beschloss er, sein Wort zu halten.

Beim Mittagessen waren alle drei gut gelaunt und aßen mit Appetit. Ciro, der sonst ein zögerlicher Esser war, griff ordentlich zu. Als sie fertig waren, verschwand jeder in seinem

Zimmer, um sich auszuruhen. Doch kaum eine halbe Stunde später kam der Junge zu Gabriele und legte sich neben ihn. Aus Diskretion hätte der Maestro gern die Tür geschlossen, war aber zu faul dazu. Als er aufwachte, stand sein Vater auf der Schwelle und musterte sie.

In seinem Blick lag nichts Wertendes, doch es war offenkundig, dass er sich die einfachsten Fragen stellte: Wer ist dieser Junge? In welcher Beziehung steht er zu Gabriele? Hat er ihn womöglich adoptiert?

Der Maestro stand auf und wollte etwas zu seiner Erklärung vorbringen, doch statt ihn zu Wort kommen zu lassen, teilte der Vater ihm mit, am nächsten Tag erwarte er den Besuch einer englischen Freundin und Kollegin aus seiner Dozentenzeit in Berkeley, ob er sein Zimmer mit Ciro teilen und sein Bett Eleonore – so hieß der Gast – überlassen könne. Gabriele nickte betreten. Gemeinsam trugen sie eine Liege für den Jungen, eine Matratze, Bettwäsche und Bettzeug in sein Zimmer.

Die unfreiwillig beobachtete Zweisamkeit mit dem schlafenden Ciro blieb ohne Nachspiel, und obwohl sich der Vater nichts anmerken ließ, beschlich den Maestro der Verdacht, er könnte sich seinen Teil dazu denken.

Sein Unbehagen hatte nicht nur mit der unvermeidlichen Assoziationskette zu tun, die der Anblick der Umarmung womöglich beim Vater ausgelöst hatte, sondern mit dem Bild, das Gabriele in den letzten dreißig Jahren von sich selbst zeigte: das Bild eines Mannes auf der Flucht.

Als er seinen Eltern nach dem Abschluss am Konservatorium verkündet hatte, er werde nach Forcella ziehen, hatte der Vater ihn gefragt, welche Schuld er damit verbüßen wolle. Genauso hatte er sich ausgedrückt. Er hatte ihn damit nicht verletzen wollen, dieses Recht nahm sich allein sein Bruder heraus. Er hatte lediglich gespürt, dass Gabrieles Entscheidung etwas Vernunftwidriges und Selbstverletzendes zugrunde lag. Ein Hang zum Scheitern vielleicht. Der Auslöser für den Umzug war eine enttäuschte Liebe und die Lektüre des berühmten Buches der Ortese gewesen, in dem sie die trostlosen Gassen von Forcella bestechend klar heraufbeschworen hatte:

„Ein Elend, das keine Form mehr hatte, zerstörte und erneuerte, so still wie eine Spinne, auf seine Weise das bitterarme Gewebe, in dem sich die niedrigsten Schichten des Pöbels, der hier als König waltet, immer mehr verstrickten."

So hatte die Autorin über das Viertel geschrieben, nachdem sie es vor vielen Jahren in der Nachkriegszeit besucht hatte. Doch war das gewiss nicht der einzige Grund gewesen, der ihn an diesen Ort gezogen hatte. Da war vor allem das Eingeständnis oder die Erkenntnis, wie gänzlich fremd ihm sein bis dahin gelebtes Leben war. Forcella hatte ihm einen radikalen Wandel ermöglicht. Dieses Viertel und dieses Mietshaus hatten seinem Wunsch entsprochen, seinen Wurzeln und seiner Geschichte zu entsagen und von vorn anzufangen.

„Heute Morgen hat Renato angerufen, ich habe ihm nicht gesagt, dass du mit dem Jungen hier bist." Die müde Stimme des Vaters zerriss den Fluss seiner Gedanken.

„Das war gut so, Papa. Ich sollte dir wohl endlich erklären, wer Ciro ist."

„Nein", hielt Massimo ihn zurück, „ich glaube, das ist nicht nötig, ich bin ganz froh, es nicht zu wissen." Er sah Gabriele liebevoll an.

Wie ein Kind, das väterliche Beachtung einfordert, drückte sich Ciro um Gabriele herum und bat ihn, mit ihm ein Spiel auf seinem Handy zu spielen.

Anfangs hatte sich der Maestro gewundert, weshalb Ciro ohne sein Handy davongelaufen war: Kinder seines Alters konnten doch gar nicht mehr ohne. Aber dann war ihm aufgegangen, dass er es absichtlich zurückgelassen hatte, als hätte er bereits geahnt, dass es von seiner Flucht kein Zurück mehr geben würde.

Nachdem sie eine Weile gespielt hatten, überließ Gabriele Ciro das Handy und ging seinen Vater suchen.

Er fand ihn auf der kleinen Terrasse mit Blick über das Tal. Massimo nutzte einen schüchternen Sonnenstrahl, um zu arbeiten. Er hielt das Heft auf seinen knochigen Knien und schrieb mit winziger Handschrift an seinem Gorgias-Projekt.

Zu anderen Zeiten hätte Gabriele ihn wegen des Jungen um Rat gefragt, doch jetzt erschien ihm der Vater zu schwach und zerbrechlich, um ihm die ganze Geschichte aufzubürden.

Als er ihn kommen hörte, blickte Massimo auf und lächelte.

„Du bist mich lange nicht mehr besuchen gekommen. Es ist schön, dass du und Ciro hier seid“, sagte er und wechselte wie selbstverständlich zum Plural.

„Ich fürchte, der Herrgott hat mich vergessen“, raunte er dann. „Nächstes Jahr werde ich vierundneunzig.“

Etwas Rührendes und Wundersames lag in seiner knorrigen Stimme. Während er sich im wässrigen Blick seines Vaters verlor, dachte der Maestro, dass sie einander nie viel offenbart hatten, stets hatte zwischen ihnen die für Eltern und Kinder typische Reserviertheit geherrscht.

Nur ein einziges Mal waren der Vater und die Mutter zum Abendessen zu ihm nach Forcella gekommen. Damals hatte Gabriele angefangen, vor Publikum aufzutreten, es war ein spontanes Essen nach einem Konzert gewesen. Massimo und Amalia waren hereingekommen und schweigend durch die Wohnung gewandert. Er hatte sich in die Küche zurückgezogen, Zutaten für eine Spaghettisauce zusammengesucht und eine Flasche Rotwein entkorkt.

Während der Vater die Wohnung inspizierte, hatten seine Blicke Bände gesprochen: *Nicht im Traum würde ich hier leben wollen.* Es ging ihm nicht darum, auf die vermeintliche Überlegenheit seines bürgerlichen Geschmacks zu pochen, er hatte lediglich gehofft, das Leben würde für Gabriele etwas wahrhaft Besonderes bereithalten. Diese Wohnung war indes mehr als beklemmend, und obwohl sein Sohn sich alle Mühe gegeben hatte, sie anheimelnd und komfortabel einzurichten, hatte der Vater sie wie eine Falle oder eine Strafe empfunden.

Seitdem hatte Gabriele seine Eltern nicht mehr zu sich eingeladen, und sie hatten ebenfalls keine Anstalten gemacht, ihn abermals zu besuchen.

Diese Gedanken schossen ihm durch den Kopf, während er den abwesenden Blick seines Vaters musterte, und verflüchtigten sich wieder.

Nach dem Abendessen spielten er und Ciro Briscola. Dann brachte Massimo dem Jungen Zaubertricks mit einem Geldstück und einem Taschentuch bei. Schließlich gingen sie alle müde zu Bett.

Am nächsten Morgen nahm Gabriele Eleonore in Empfang. Er wollte gerade zu einem Spaziergang aufbrechen, als sie plötzlich vor ihm stand. Weil sie sehr früh angekommen war, hatte sie im Auto eine angemessene Uhrzeit abgewartet. Sie war mindestens zehn Jahre jünger als der Vater und musste einmal sehr schön gewesen sein. Massimo schlief noch, und so zeigte Gabriele ihr das Gästezimmer und bot ihr einen Kaffee an. Während er den Kaffee aufsetzte, nahm Eleonore am Küchentisch Platz. Er musterte sie verstohlen: die blauen Augen, der tiefgründige Ausdruck; sie hatte ein Gesicht, von dem man den Blick nicht losreißen konnte.

„Massimo hat mir erzählt, Sie unterrichten Musik und leben sehr zurückgezogen." Ihre Stimme klang tief und heiser.

Gabriele nickte stumm. Als der Kaffee aufkochte, füllte er die Tassen und setzte sich zu ihr.

„Und was machen Sie?", fragte er freundlich.

„Ich bin mit einem Philosophiestipendium hierhergekommen. Ich wollte meine Eindrücke von Neapel erzählen und war überzeugt, nur ein Essay könnte die großartige Sackgasse beschreiben, die diese Stadt ist. Ich wollte in die Fußstapfen der Reisenden treten, die versucht haben, das Fühlen und Denken ihrer Bewohner zu beschreiben. Irgendwann hatte ich mich verrannt und wollte schon aufgeben, doch dann bin ich Massimo begegnet. Damals war er noch jung, aber bereits ein angesehener Akademiker. Geduldig hat er mich aus dem Strudel gezogen, in den ich geraten war, und mir beim Schreiben meines Buches geholfen, das an den amerikanischen Italienischfakultäten bis heute als Standardwerk gilt. Ab da hat unsere systematische Zusammenarbeit begonnen, doch wenig später habe ich mich in jemanden verliebt, und binnen eines

Jahres wurde alles sehr kompliziert und belastend. Kurz gesagt, Neapel entwickelte sich für mich zur Hölle."

„Wie meinen Sie das?"

„Ich fing an, einen gewissen Unmut gegen den Gott der Unbegreiflichkeit zu hegen, gegen euren Gott. Ich habe eure tägliche Verehrung an seinem Altar gesehen, eure bereitwillige Verantwortungslosigkeit, die ihr entsprang, und hatte keine Lust mehr, mich daran zu beteiligen. Obendrein war meine Liebe in die Brüche gegangen, also bin ich geflohen und nach San Francisco zurückgekehrt."

Fasziniert hörte Gabriele zu und ermunterte sie mit einem Blick zum Weiterreden.

„Bei uns in den Vereinigten Staaten ist man bestrebt, dem Unbegreiflichen auf den Zahn zu fühlen und es kleinzuhalten, das ist unsere Schwäche, doch hat dieses Handicap auch Vorteile. Jedenfalls habe ich mit den Jahren allmählich wieder Lust auf Neapel bekommen und dank Massimo wieder angefangen, es regelmäßig zu besuchen. In der Zwischenzeit hatte ich mir als Wissenschaftlerin einen guten Ruf erarbeitet, da lag es nahe, mich für längere Lehraufenthalte ans hiesige Institut einzuladen. Ich habe jetzt sogar ein Haus auf Procida."

In dem Moment kam der Vater herein, und Eleonore umarmte ihn so überaus herzlich, dass Gabriele verblüfft war, wie zwei so alte Menschen noch solche Innigkeit empfinden konnten. Hinter ihnen tauchte Ciro auf, den Massimo der Besucherin wie einen neuen Freund vorstellte, was der Junge mit einem dankbaren Augenzwinkern quittierte.

Eleonores Ankunft brachte mehr Harmonie ins Haus, milderte sie doch immerhin Gabrieles Befangenheit gegenüber dem Vater. Er begann, viel Zeit mit Ciro zu verbringen. Massimo besaß ein Klavier, und im Laufe der langen Nachmittage setzte der Maestro seinen Klavierunterricht fort.

Eines Nachts im Dunkel des Zimmers, kurz vor dem Einschlafen, sagte der Junge zu ihm: „Wenn du mir weiter Klavier lernst, denn wohl, weil du denkst, es lohnt sich", mehr nicht. Er meinte damit nicht sein vielversprechendes Talent, sondern die Wette mit der Zeit, die ihm und Gabriele in einer ungewissen gemeinsamen Zukunft gegeben wäre. Zumindest deutete der Maestro es so.

Tatsächlich lag die Zählung der Tage nun in Ciros Händen. Zwei Wochen waren vergangen, seit er sich in Gabriele Santoros Wohnung versteckt hatte. Der Schmutz von Forcella war inzwischen weit weg. Hier auf dem Land hatte er sich sein Kindsein zurückerobert: Das Staunen war in seine Augen zurückgekehrt.

Während der Maestro ihn selbstvergessen beim Spielen mit den Hunden beobachtete, die im Haus ein und aus gingen, fragte er sich, was er tun konnte. Eine Rückkehr nach Neapel war ausgeschlossen. Und obwohl der Aufenthalt beim Vater ihm und dem Jungen die Illusion eines normalen Familienlebens gab, konnte es nicht endlos so weitergehen. Es gab niemanden, den er um Hilfe bitten konnte, und im Konservatorium hatte man ihm auf seine Bitte hin dennoch nur einen Monat Urlaub bewilligt.

Einige Tage später verkündete Eleonore, die Zeit ihres Besuches sei vorüber, tags darauf würde sie nach Rom aufbrechen und von dort in die Vereinigten Staaten zurückfliegen. Um seiner Freundin einen gebührenden Abschied zu bereiten, schlug der Vater vor, ein Barbecue zu veranstalten. Der Maestro und der Junge wurden ins Dorf geschickt, um Lammfleisch und Würstchen zu kaufen.

Während der Autofahrt sang Ciro leise vor sich hin und fragte plötzlich, ob Gabriele es bereue, ihn versteckt zu haben. Ohne zu antworten, griff Gabriele nach seiner Hand und hielt sie fest in der seinen.

Während er beim Metzger anstand und der Junge neben ihm auf seinem Handy herumtippte, war er froh über das stumme Einverständnis, das sich zwischen ihnen eingestellt hatte und jede Frage nach dem Tun des anderen überflüssig machte.

Auf dem Rückweg bemerkte Gabriele kurz vor der Einfahrt ein Auto am Straßenrand und warf automatisch einen Blick hinein. Am Steuer saß ein braungebrannter Mann um die Vierzig, neben ihm ein jüngerer Kerl in den Dreißigern mit schwarzem Schnurrbart und Sonnenbrille.

Statt in die Zufahrt einzubiegen, fuhr er kurz entschlossen weiter geradeaus und hielt am Ende der Straße unter einer Platane. Unter Ciros bangem Blick spähte er durch das schützende Blätterwerk zu den Männern im Auto hinüber. Es brauchte nicht viel, um zu erraten, dass sie das Haus des Vaters observierten.

Weil der Maestro Ciro nicht beunruhigen wollte und der Junge sich nicht traute, das angespannte Warten mit unpassenden Fragen zu stören, schwiegen sie.

„Ich war's", zerriss plötzlich Ciros klare, feste Stimme die Stille. „Hab Rosario heut 'ne Nachricht von dein' Handy geschickt. Er hat geantwortet und wollt' wissen, wo ich bin."

Zum ersten Mal brach der Junge in Tränen aus. Gabriele zog ihn an sich wie einen Sohn und beugte sich tröstend über ihn. Er musste ihm endlich die Wahrheit sagen.

„Rosario ist tot. Man hat ihn in einer Grube gefunden", flüsterte er.

Der Junge kniff lange die Lider zusammen, als wollte er dem Strudel widerstehen, der auch ihn in die Tiefen dieser Grube zu ziehen drohte, dann öffnete er die tränennassen Augen wieder und sie hielten einander fest in den Armen. Als einer der Männer aus dem Auto stieg und auf das Haus zuging, startete der Maestro den Motor, wendete rasch und fuhr los.

Im Rückspiegel konnte er beobachten, dass das Auto der beiden Männer ebenfalls gewendet hatte und ihnen folgte. Aufgeregt und ängstlich drehte sich Ciro nach den Verfolgern um und versuchte die Distanz abzuschätzen. Kaum hatten sie in einer Kurve einen leichten Vorsprung herausgeholt, bedeutete ihm der Junge, auf einen Waldweg abzubiegen. Der Maestro gehorchte.

Als sie ein ganzes Stück in den Wald hineingefahren waren und das Auto der beiden Verfolger nicht mehr zu sehen war, taten Gabriele und der Junge einen Seufzer der Erleichterung.

„Fahr weiter, den Weg kenn ich, der geht zu einem leeren Haus", sagte Ciro. „Da war ich mal mit meinem Alten", erklärte er auf Gabrieles verblüfften Blick. „De Vivo hat da einen versteckt, den sie angeschossen hatten."

Plötzlich endete die Straße und sie stiegen aus und gingen durch Eichen und Kastanien zu Fuß weiter, bis das Haus auftauchte. Wie ein Kind, das stolz sein Versteck präsentiert, machte Ciro ihm ein Zeichen, ihm zu folgen.

Es war ein großes, verfallenes Bauernhaus mit drei riesigen, leeren Zimmern im Erdgeschoss. Nachdem sie die unteren Räume inspiziert hatten, stiegen Gabriele und Ciro in das obere Stockwerk und entdeckten das Zimmer, in dem der Flüchtige genächtigt hatte. Nur ein Bett stand darin, es stank nach Pisse, der Boden war von zahllosen Pornoheftchen und Kondomen übersät.

„Hier kommen sie her zum Ficken", erklärte Ciro mit dem Brustton eines Museumsführers. Der Maestro nickte.

„Ich hab dir 'ne Lüge erzählt, ich hab gar nicht gesehen, wie der Mesa kaltgemacht worden ist", fuhr der Junge fort.

„Das dachte ich mir schon", entgegnete der Maestro.

Plötzlich war das Geräusch eines heranfahrenden Autos zu hören. Ciro spähte durch eines der Fenster auf der Rückseite des Gebäudes und sah, wie ein BMW und ein Mercedes auf der Lichtung hielten, wo er und Gabriele das Auto abgestellt hatten. Acht Männer stiegen aus, unter ihnen der Dicke und Diego.

„Schnell, weg hier", sagte der Maestro. Sie schlüpften aus dem Haus und flohen in den Wald. Als sich der Pfad bei einem Brunnen gabelte, übernahm Ciro die Führung.

„Wir nehmen den da, den kennse nich", sagte der Junge entschlossen und zog den Maestro einen schummrig grünen Pfad entlang. Sie marschierten zügig, ohne einander anzusehen, doch als Ciro nach einer halben Stunde merkte, dass Gabriele nicht mehr mithalten konnte, drosselte er sein Tempo fast auf Schrittgeschwindigkeit.

Während sie immer tiefer in das Waldesdickicht vordrangen, war dem Maestro, als raunten die Stimmen der Verfolger in seinen Ohren. Kurz zuvor war er umgeknickt, und der stechende Schmerz, der ihn seitdem bei jedem Schritt durchfuhr, ließ die Stimmen wie durch Watte ertönen. Plötzlich wurden sie wieder lauter, dann wieder leise, verblassten und verloren sich schließlich im Wind.

Es war derselbe Wind, dem die Sibylle von Cumae die Palmblätter anvertraute, auf denen sie ihre Orakel niederschrieb, auf dass sein Ungestüm sie unlesbar machte. Auch hier in den Bergen hatte sich eine eisige Bö erhoben, die gnadenlos in die Knochen kroch und gegen die Schläfen hämmerte. Nirgends war eine Menschenseele zu sehen, allenfalls kreuzte eine Wildsau ihren Weg.

Als der Schmerz unerträglich wurde, hielt Gabriele auf einer Lichtung an, hockte sich neben einen Bach und massierte sich die Knöchel. Weil er glaubte, er stehe gleich wieder auf, ging Ciro einfach weiter, doch als er sich nach ein paar Schritten umdrehte und der Maestro sich nicht rührte, machte er kehrt und setzte sich neben ihn.

„Ich glaube nicht, dass ich das schaffe", flüsterte Gabriele. Zum ersten Mal erlebte Ciro ihn mutlos. Er sagte nichts, doch der Vorwurf in seinen Augen war nicht zu übersehen. Dann legte er den Finger auf die Lippen, huschte auf eine Felswand zu und verschwand aus dem Blickfeld.

Gabriele rollte sich auf dem Boden zusammen und schloss die Augen. Für einen kurzen Moment dachte er an Biagio, daran, wie lange es gebraucht hatte, ihre Liebe als beendet zu erklären und den Bann zu lösen, der sie zusammenhielt. Nach seinem Besuch am Jahrestag hatte Biagio ihm eine Nachricht geschickt und vorgeschlagen, sich in ihrem einstigen Stammlokal zu verabreden, doch er hatte nicht einmal geantwortet.

Ein eisiger Windstoß ließ ihn erschaudern. Er verdrängte Biagio und dachte wieder an seinen Vater, an Eleonore, an die Fragen, die sich die beiden nach seinem Verschwinden mit dem Jungen gestellt haben mochten. Bisher hatte Massimo es sich verkniffen, ihn anzurufen, und vielleicht blieb es dabei.

Gabriele war mit dem Wald nicht vertraut und hatte nie viel für ihn übriggehabt, doch jetzt, in dieser absurd misslichen Lage, war er wie berauscht von seinen Gerüchen, wie betäubt von seinem kränklichen Licht.

Er meinte Diegos Stimme zu hören, wiewohl vage und weit weg. Seit sein Abenteuer mit Ciro begonnen hatte, war er sich sicher, dass dieser Schüler, der auf Teufel komm raus Pianist hatte werden wollen, sein Scharfrichter sein würde. Die Verbrechen der Kunst sind die schlimmsten, dachte er.

Das Auf und Ab der Stimmen war immer noch zu hören, sie verebbten und tauchten wieder auf, als sickerten sie aus der feuchten Erde. Er sorgte sich um den Jungen und war sich aus unerfindlichen Gründen dennoch sicher, dass er davonkommen würde. Das hatte ihm die Sibylle von Cumae in Pozzuoli zugesagt. Genau genommen, hatte sie von einem Pfand gesprochen, doch welches, hatte sie nicht gesagt.

Der Drang zu erfahren, wie die Sache ausgehen würde, zwang ihn, sich hochzurappeln. Er humpelte ein paar Schritte auf die Felswand zu und sah Ciro wie ein Gespenst vor sich auftauchen. Der Junge kam auf ihn zu, nahm seine Hand und flüsterte:

„Weiter vorne ist 'ne Höhle, da finden sie uns nicht."

Sie folgten einem Pfad an der Felswand entlang, dann wies ihm der Junge einen engen Felsspalt und lotste ihn geduldig bis zu einem niedrigen Gang, in dem man nur kriechen konnte.

Gabriele machte sich so klein wie möglich und zwängte sich hindurch. Dahinter tat sich eine Schlucht auf, die sie, am Abgrund entlangbalancierend, durchquerten.

Inzwischen war es fast dunkel. Ciro nahm seine Rolle als Führer sehr ernst, immer wieder drehte er sich nach dem Maestro um, um sicherzugehen, dass er auf keine Hindernisse oder Schwierigkeiten stieß. Nach einer Viertelstunde erreichten sie den Krater eines riesigen Steinbruchs, in den Gabriele auf Ciros Anweisung hinunterkraxelte.

„Ruh dich aus, ich seh' nach, obse weg sind", sagte der Junge und verschwand.

Er nahm denselben Weg zurück in den Wald, stapfte durch das Dunkel, erklomm einen Felsen und konnte die Taschenlampen der Verfolger in der Ferne sehen. Es waren rund ein Dutzend, die, begleitet von unverständlichen Rufen, einen merkwürdigen Lichttanz aufführten, wie Glühwürmchen auftauchten und wieder verschwanden. Ohne sie aus den Augen zu lassen, kauerte er sich nieder und wartete ab, bis die Rufe immer leiser wurden und zu einem kaum wahrnehmbaren Raunen verklangen. Kurz darauf wurden auch die letzten Lichter von der Dunkelheit verschluckt.

Hier möchte ich stehenbleiben.

Konstantinos Kavafis

17.

Als sich die Stille der Nacht herabsenkte, suchten Gabriele und Ciro trockene Äste, um ein Feuer zu machen. Sie hatten einander nicht viel zu sagen, doch in den Augen des Jungen konnte der Maestro die mörderische Angst lesen, die er schon in den ersten Tagen seiner Flucht darin gesehen hatte, gepaart mit dem Trotz eines Menschen, der sich nicht geschlagen geben will. Sie waren beide Überlebende eines Unglücks, auch wenn seines sehr viel weniger offenkundig war als das des Jungen. Die Katastrophe des Maestros hatte weder Anfang noch Ende, er hatte keine tragischen Ereignisse durchlebt wie die, vor denen der Junge floh. Verglichen damit waren seine Verheerungen nicht der Rede wert.

Während die beiden im Feuer stocherten, drang der Wind in die Höhle und ließ die Flammen auflodern. Gabriele bot dem Jungen seine Jacke an, doch der lehnte ab. Dann geschah nichts mehr.

Irgendwann sah es aus, als würden Ciro die Augen zufallen, und der Maestro tat es ihm gleich. Kurz darauf schlief er ein.

In Wirklichkeit wachte der Junge die ganze Nacht über ihn. Alle halbe Stunde ging er hinaus, um nach De Vivos Männern auszuspähen und sich zu vergewissern, dass sie tatsächlich fort waren.

Als der Morgen graute, warf Ciro einen letzten Blick hinaus, und als der Wald endlich still und freundlich erschien, strich er dem Maestro über die Wange. Kaum hatte Gabriele die Augen aufgeschlagen, drängte der Junge zum Aufbruch.

Während des ganzen Fußmarsches wechselten sie kein Wort, nur zweimal machte Ciro ihm, von einem plötzlichen Geräusch alarmiert, ein Zeichen stehen zu bleiben, und schlich davon, um den Weg zu sondieren.

Nach zwei Stunden zügigen Wanderns lichtete sich der Wald und sie erreichten eine einsame Landstraße. Zwanzig Minuten verstrichen, ehe in der Ferne endlich zwei Autos auftauchten, und der Maestro streckte den Arm aus und hielt den Daumen hoch.

Ein weißer Golf hielt an. Am Steuer saß eine vierzigjährige Frau mit einer eigenwilligen weißen Strähne in der Stirn. Sie war Grundschullehrerin und auf dem Weg in ein dreißig Kilometer entferntes Dorf. Sein Ford sei liegengeblieben, erklärte Gabriele und fragte, ob sie sie bis zum nächsten Autoverleih mitnehmen könne. Freundlich willigte die Frau ein.

Die Auswahl der Autovermietung war überschaubar, und so entschieden sich der Maestro und der Junge kurzerhand für einen grauen Volvo. Gabriele Santoro zahlte per Kreditkarte, und auf die Frage, wo er den Wagen wieder abgeben würde, antwortete er, er wisse es nicht. Diese Angabe sei verpflichtend, sagte der Angestellte, woraufhin Gabriele spontan beschloss, den Wagen in Marseille abzugeben.

Das Auto erwies sich als komfortabel und schnell, und Ciro war ganz aus dem Häuschen. Immer wieder ließ er das Fenster hinauf- und hinuntergleiten und streckte den Kopf hinaus, um sich den kühlen Fahrtwind ins Gesicht wehen zu lassen.

Sie fuhren den ganzen Tag, und als sie bei Einbruch der Dunkelheit Ventimiglia erreichten, suchte der Maestro ein Hotel für die Nacht. In der Pension Fenoglio, einer heruntergekommenen kleinen Villa auf einer Klippe über dem Meer, fanden sie ein Zimmer.

Gabriele half dem Jungen beim Ausziehen und brachte ihn ins Bett. Gerührt und etwas erschrocken stellte er fest, dass der Junge ihn zum ersten Mal widerstandslos gewähren ließ, eingelullt in jene Willenlosigkeit, die Bestandteil reiner Liebe ist.

Während Ciro einschlief, trat Gabriele Santoro auf den winzigen Balkon hinaus und gab sich der von modrigem Algengeruch gesättigten Meeresbrise hin. Ratlos, was er tun oder wo er hinsollte, verharrte er auf dem im nächtlichen Dunkel über dem Wasser schwebenden Rechteck und musste an die Sommerabende denken, die er mit seiner Mutter auf Procida verbracht hatte. An den Ingrimm, mit dem Amalia an ihren Zigaretten zog und die Stummel angewidert mit der Sandale im Sand austrat. Er hatte ihr trotzig schallendes Gelächter im Ohr, und ihm war, als durchdränge es selbst das dichte Dunkel dieser Nacht. Der Mutter, die ihm stets ein glückliches und harmonisches Leben gewünscht hatte, war seine zwanghaft exzentrische und eigenbrötlerische Existenz schleierhaft geblieben. Der Gedanke schmerzte ihn und er wunderte sich über den tiefen Graben, den er zwischen sich und den von ihm einst geliebten Menschen gezogen hatte.

Schließlich kehrte er in das Zimmer zurück und versuchte zu schlafen. Gegen vier Uhr schlummerte er endlich ein.

Im Morgengrauen weckte er Ciro und sie fuhren mit dem Auto Richtung Grenze. Kurz davor schlug Gabriele Santoro einen Feldweg ein, und als die Straße weit genug hinter ihnen lag, hielt er an. Ringsum wuchsen Olivenbäume und Pinien, auch ein paar Tamarisken waren zu sehen. Der Boden unter ihren Füßen war lehmig und felsig.

Ciro machte ein banges Gesicht, wagte jedoch nichts zu sagen. In seinen eingefallenen Augen lag eine einfache Frage: Was hast du vor?

Gefangen in seinen von Zweifeln getriebenen Gedanken, setzte sich der Maestro auf einen Stein und zündete sich eine Zigarette an. Dann sprang er plötzlich auf, strebte zum Auto, öffnete den Kofferraum und deutete hinein.

„Du kletterst hier rein. Das ist unsere einzige Chance, über die Grenze zu kommen."

Offenbar hatte sein Retter den Verstand verloren, doch weil Ciro sich für sein Leben gern versteckte, willigte er nickend ein.

„Da drin darfst du keinen Mucks von dir geben. Sollten sie zufällig den Kofferraum kontrollieren, werden sie uns trennen und sie bringen dich zu deiner Familie zurück. Die Sache ist riskant, aber wir haben keine andere Wahl. Hier würden sie uns früher oder später aufspüren. Aber ich will diese Entscheidung nicht allein treffen, du sollst mitentscheiden."

Als Antwort schlüpfte der Junge in den Kofferraum und kauerte sich reglos zusammen. Sie blickten einander an, und Gabriele beugte sich hinunter und drückte ihm einen Kuss auf die Stirn. Dann schloss er die Klappe.

Nach rund zehn Kilometern Autobahn tauchte der Grenzübergang auf. Vor der Passkontrolle hatte sich eine kleine Autoschlange gebildet, doch die Grenzposten winkten die Wagen durch, ohne Fragen zu stellen.

Als der Maestro an der Reihe war, hob ein blonder, bärtiger Polizist die Kelle. Gabriele lugte aus dem Wagenfenster und hielt ihm seinen Personalausweis hin. Der Beamte warf einen prüfenden Blick darauf und fragte nach dem Grund seiner Reise. Er wolle eine Tour durch die Provence machen, entgegnete er. Der Grenzer entfernte sich und gesellte sich zu seinen Kollegen im Grenzhäuschen, und der Maestro nutzte die Wartezeit, um auszusteigen und sich die x-te Zigarette anzuzünden. Nach wenigen Minuten kehrte der junge Mann zurück, begutachtete das Nummernschild und verlangte die Fahrzeugpapiere. Gabriele kramte sie aus dem Handschuhfach und reichte sie ihm. Der Beamte blätterte sie sorgfältig durch und nahm erneut den Wagen ins Visier.

„Zu verzollen haben Sie nichts?"

„Nein."

Sie wechselten einen stummen Blick, und der Mann kehrte in das Grenzhäuschen zurück, um sich murmelnd mit zwei Polizisten zu besprechen, die hinter ihren Computern saßen. Sie lachten über einen Witz, den Gabriele nicht hören konnte, dann tauchte der bärtige junge Mann wieder auf und gab ihm seinen Ausweis zurück.

„Gute Reise", sagte er höflich.

„Danke, Ihnen einen schönen Tag", erwiderte der Maestro tonlos.

Er stieg in den Wagen und startete den Motor.

Unterwegs warf Gabriele Santoro einen Blick auf die Uhr und stellte fest, dass es sieben geworden war. Es war ein schöner Tag, ein Hauch Raureif überzog die Autoscheiben, den Asphalt und das Laub der Bäume. Die Vorboten des Herbstes, dachte Gabriele.

Irgendwann schaltete er das Radio ein, drehte an dem Sendersuchrädchen und blieb bei einem alten Lied hängen, an das er sich nur bruchstückhaft erinnerte:

At first flash of Eden, we race down to the sea
Standing there on Freedom's shore

Waiting for the sun
Waiting for the sun
Waiting for the sun

Can you feel it, now that spring has come?
That it's time to live in the scattered sun

Waiting for the sun
Waiting for the sun
Waiting for the sun
Waiting for the sun
Waiting
Waiting
Waiting
Waiting

Schon bald war er des Liedes überdrüssig, wechselte den Sender, stolperte über eine Nachrichtensendung und verfolgte den konfusen Schlagabtausch zweier Politiker und einer Journalistin über ein vor Syrakus festgehaltenes Flüchtlingsschiff.

„Wir haben nichts gegen Ausländer", sagte einer der beiden Politiker, „aber wir sind für Frieden, Ordnung und Sicherheit. In Ihren Ohren mögen diese Worte hohl klingen, doch dem italienischen Volk liegen sie sehr am Herzen."

Er schaltete das Radio ab, trat aufs Gas und hatte das unwirkliche Gefühl, dass alles, was ihm bis zu diesem Augenblick widerfahren war, nicht ihn als einzelnes, winziges Staubkorn des Universums, sondern die ganze Welt betraf. Und dass es also die ganze Welt war, die Ciro vor seiner Strafe bewahren wollte. Er war nur der Ausführende, dazu ausersehen, das Gebot der Sibylle von Cumae in die Tat umzusetzen.

Wenig später klingelte das Telefon, Gabriele warf einen Blick auf das Display und stellte zu seiner Verwunderung fest, dass es sein Nachbar Gaudenzi war. Weil er keine Lust hatte, mit ihm zu reden, stellte er den durchdringenden Klingelton stumm. Die Stille des Wageninneren verschluckte das digitale Geräusch, nur sein asthmatischer Atem war noch zu hören. Der Maestro konnte nicht ahnen, dass Gaudenzi ihn anrief, um ihm zu sagen, was sich in seiner Wohnung abgespielt hatte, in die ein paar Unbekannte in der Nacht eingebrochen waren und sämtliche Bücher sowie das Klavier in Brand gesetzt hatten. (Gaudenzi selbst hatte die Feuerwehr alarmiert, die Mühe gehabt hatte, die Flammen zu bändigen.)

Doch da er von all dem nicht die geringste Ahnung hatte, legte der Maestro ein paar weitere Kilometer zurück und nahm die Ausfahrt nach Menton. Statt in die Stadt zu fahren, folgte er der Küstenstraße und schwenkte auf ein schmales Sträßchen, das sich schlängelnd zwischen den Klippen verlor und an einem trutzigen Bauwerk mündete, das direkt an der Küste stand. Gabriele blickte sich um und kam zu dem Schluss, dass es ein verlassener Leuchtturm war. Er stieg aus, öffnete die Kofferraumklappe und erblickte Ciro, der zusammengekauert im Hohlraum des Volvos lag und ihn unsicher anlächelte.

Sind wir in Sicherheit?, fragte sein eingefallener Blick.

Er half ihm hinaus, und sie musterten einander atemlos, die Augen vor Anspannung blank.

Ciro war der Erste, der endlich die Stille brach:

„Und was machen wir jetzt?"

„Ich habe keine Ahnung", murmelte Gabriele.

Der Junge schmiegte sich an ihn und nahm seine Hand. Sie gingen ein paar Schritte bis zur Klippe und blickten aufs Meer. Es war von einem eigentümlichen, lebhaften Grün, schillernd wie eine Smaragdeidechse.

Ein alter Mann mit einer Angel tauchte hinter den Felsen auf, kam auf sie zu und blieb mit fragendem Blick vor ihnen stehen.

„Seid ihr Touristen?", fragte er neugierig.

„Ja", antwortete der Maestro freundlich.

Der Mann musterte sie versonnen.

„Hier in der Gegend gibt's viel Schönes zu sehen."

„Deswegen sind wir hier", erwiderte Gabriele Santoro.

Der Angler trat noch ein Stück näher und beäugte Ciro neugierig.

„Ist das Ihr Sohn?“

„Ja“, antwortete der Maestro und konnte den leisen Stolz in seiner Stimme nicht unterdrücken.

„Hübsches Kerlchen“, bemerkte der Mann warmherzig.

„Ich wünsche euch *bon voyage*“, sagte er dann, hob linkisch grüßend die Hand und stapfte davon.

Gabriele und Ciro sahen ihm nach, bis er aus ihrem Blickfeld verschwunden war, dann schauten sie wieder auf das Meer und verloren sich in seiner majestätischen Gleichgültigkeit. Ein Schaudern erfasste den Maestro, doch weil er dem kein Gewicht geben wollte, schloss er die Augen und sagte:

„Wir sollten gehen.“

Ciro nickte, ohne sich zu rühren. Ein Windstoß, eine kräftige Bö, fuhr ihnen zausend durchs Haar. Sie blickten einander an und schlossen sich in eine Umarmung, die den Regeln von Zurückhaltung und Befangenheit nicht mehr gehorchen wollte. Ein einziger, rasender Pulsschlag vereinte sie in einer Innigkeit, die nicht dem Blut, sondern einzig dem wilden Klopfen des Herzens entsprang.

Als sie sich schließlich voneinander lösten, spürte Ciro, dass seine Blase kurz vor dem Platzen war. Wortlos flitzte er Richtung Leuchtturm davon und versteckte sich zum Pinkeln hinter einem Pfeiler.

Wie berauscht nahm der Maestro die ihn umspielende Brise und den Zauber der Fülle darin wahr, als plötzlich jemand hinter ihm seinen Namen rief:

„Gabriele Santoro.“

Eine fremde und dennoch vertraute Stimme. Statt sich sofort umzudrehen, gönnte er sich ein kurzes Zögern, einen winzigen Augenblick, um an die Weissagung der Sibylle von Cumae zu denken. Also bin ich das Pfand, flüsterte er. Als er sich umwandte, blickte er in Diegos schlaffe Visage, in die ein starres Feixen eingemeißelt war.

„Wo ist Ciro?“, fragte der Schüler in fast mädchenhaftem Ton. Suchend blickte er sich nach dem Jungen um und machte jemandem, der hinter einem Felsen kauerte, ein Zeichen. Sogleich tauchte die Silhouette des Dicken auf. Einen scheinbar endlosen Moment warfen sich die beiden Männer einen vielsagenden Blick zu, dann blafften sie im Wechsel:

„Wo ist Ciro?“

Abermals folgte Schweigen, bis plötzlich das unwirkliche Krachen eines Schusses durch die Bucht hallte und der Maestro begriff, dass die erste Kugel seine Schulter erwischt hatte. Während er zu Boden ging, versuchte er instinktiv nach der Pistole zu greifen, doch schon hatte ihn der zweite Schuss am Kopf getroffen. In diesem Augenblick sah er seinen bei Tagesanbruch durch den Wald wandernden Vater vor sich, und sein Blick suchte nach Ciro, der flink den Pfad hinter dem Leuchtturm emporkraxelte. Er konnte ihn nicht sehen, doch ganz gewiss würde der Junge sich umdrehen und ihm zuwinken, ehe er hinter den Klippen verschwand. Und genau das geschah, wenngleich nur kurz wie ein Wimpernschlag, den niemand hätte wahrnehmen können.

Hingestreckt auf dem Schotter und von seinen Kräften verlassen, blieb dem Maestro nicht einmal die Zeit, das unbeschreibliche Gefühl des Endes zu erfassen, den diffusen Punkt, an dem man vom Tosen des Lebens unmerklich in die Stille des Todes hinübergleitet.

Während Diego und der Dicke blindlings über die Klippen hetzten, war sich Gabriele Santoro sicher, dass Ciro es schaffen würde, und das genügte ihm. Er schloss die Augen und spürte dem leisesten Flimmern seines Geistes nach, überwältigt von der Klarheit, in die dieser Moment ihn entließ.

Sollt' ich nicht wiederkehren, dann wisset, nie war ich fort.

Seine Lippen wisperten dieses letzte Fetzchen Gedicht, ehe sie sich zuckend schlossen und für immer verstummten.

Wir arbeiten gewissenhaft für die,
die nach uns kommen.

Konstantinos Kavafis

18.

Sie habe schlechte Neuigkeiten, schickte die Frau voraus, ehe sie behutsam auf das Verbrechen zu sprechen kam, das sich in einem französischen Grenzort ereignet hatte und dem, so fügte sie hinzu, eine ihm nahestehende Person zum Opfer gefallen sei.

Der Staatsanwalt sagte zunächst nichts dazu. Schweigend ging er im Geiste die Namen derer durch, die ihm am meisten bedeuteten, und befand, jede Silbe sorgfältig betonend:

„Da muss es sich um eine Verwechslung handeln, derzeit ist keiner meiner Angehörigen in Frankreich. Darf ich fragen, wer Ihnen meinen Namen gegeben hat?"

Um seinen unverhohlen feindseligen Ton ein wenig abzumildern, bemühte er sich um Betroffenheit.

„Glauben Sie mir, diese Neuigkeit lässt mich alles andere als kalt", schob er entschuldigend nach.

Sie habe seine Nummer von einem Kind, erklärte die Frau ruhig und sachlich.

„Von einem Kind?", wiederholte der Staatsanwalt verblüfft.

„Ja, von einem kleinen Jungen", bestätigte Isabelle Ledoux, Untersuchungsrichterin in Menton.

Renato ließ das Telefon sinken und blickte aus dem Fenster. In der Eingangshalle standen ein paar Kollegen zusammen und ergingen sich in Plaudereien, die sich vermutlich bald schon als müßig erweisen würden. Er betrachtete ihre entspannten Gesichter, hob das Handy wieder ans Ohr und sagte:

„Ich kenne keinen kleinen Jungen, der Ihnen meine Nummer gegeben haben könnte."

Um seiner arroganten Tour Paroli zu bieten, wechselte die Frau das Register.

„Wenn wir zwei miteinander reden, heißt das wohl, dass jemand sie mir gegeben hat. Meinen Sie nicht?", konterte sie scharf.

Der Staatsanwalt wurde blass und nahm sich einen weiteren Moment Bedenkzeit heraus, den Isabelle ihm geduldig gewährte. Im Laufe seines Berufslebens hatte er den Vorteil der Pause zu schätzen gelernt und wusste ihn zu nutzen.

Um seinen widersprüchlichen Gefühlen Herr zu werden, krakelte Renato eine endlose Reihe JUNGE JUNGE JUNGE JUNGE auf das vor ihm liegende Blatt. Dann fragte er, wer das Opfer sei.

„Ihr Bruder Gabriele Santoro", erwiderte die Frau.

Automatisch fuhr sich der Staatsanwalt mit der Hand ans Haar, dann durchzuckte ein stechender Schmerz seine Brust, ein Beben, das in einem winzigen Sekundenbruchteil seinen ganzen Körper ergriff und ihn aus der Fassung brachte.

„Was soll ich jetzt tun?", fragte er, kaum hatte er sich wieder ein wenig gefasst.

„Hierherkommen und den Jungen treffen", antwortete die Frau ruhig.

„Habe ich eine Wahl?"

„Das müssen Sie beurteilen", gab die Ledoux zurück und dachte, dass dieser Mann sich die Sache besonders schwer machte.

Es folgte ein langes Schweigen, dann sagte der Staatsanwalt, er würde sie im Laufe des Abends wissen lassen, mit welchem Flug er am nächsten Morgen einträfe.

„Ich bin Ihnen sehr dankbar", entgegnete die Frau knapp, und ohne weitere Höflichkeiten beendeten sie das Gespräch.

Als Gabriele Santoros Bruder nach Hause kam, erzählte er seiner Frau die Neuigkeit und rief den Vater an, der jedoch noch abgekämpfter klang als sonst, weshalb er beschloss, ihm nichts zu sagen. Sie plauderten über dieses und jenes, und als er aufgelegt hatte, begann er zu packen. Er tat es in Ruhe und mit der bei seinen Kollegen berühmten peinlichen Genauigkeit.

Er ging früh zu Bett und träumte davon, wie er als Kind auf der Terrasse des Hauses auf Procida mit Gabriele die ganze Nacht hindurch Karten gespielt hatte. Trotz der Kälte hatten sie bis zum Morgengrauen weitergemacht. Bei Sonnenaufgang waren sie aufgestanden und hatten einander ohne ein Warum lange und fest in die Arme geschlossen.

Unvermittelt fuhr der Staatsanwalt aus dem Schlaf, und beim Blick auf seine schlafende Frau kam ihm der tröstliche Gedanke, dass die Zeit ihrer Liebe nichts hatte anhaben können. Er fragte sich, warum das Geheimnis der Dauer bei seinem Bruder versagt hatte. Ihre Liebe war allmählich gewelkt und eingegangen. Sie war starr und hohl geworden und schließlich gestorben.

Renato knipste das Licht an und verlor sich darin, die Zerwürfnisse mit Gabriele wieder und wieder Revue passieren zu lassen. Vorsichtig tastete er sich zwischen den Stapeln verpasster Chancen hindurch und schlief schließlich darüber ein.

Am Morgen vor dem Leichenschauhaus musste er sich schnäuzen und bemerkte, dass er aus der Nase blutete. Das war ihm seit Ewigkeiten nicht mehr passiert, seit seiner Kindheit nicht mehr.

Als er vor der Leiche seines Bruders stand, die in einer grässlichen grünen Plastikhülle lag, versagten ihm kurz die Knie. Der Angestellte bot ihm einen Stuhl an, wartete, bis er sich wieder gefasst hatte, und ließ ihn allein.

Am Telefon hatte die Untersuchungsrichterin ihm den Totenschein vorgelesen, und jetzt, da er vor dem Toten stand, wurde dem Staatsanwalt klar, dass es ein Fehler gewesen war, dem Bruder die erbetene Hilfe zu verweigern. Doch sofort schob er diesen unangenehmen Gedanken beiseite.

Der Tod ist heilig, sagte er sich, doch die sterblichen Überreste sind ziemlich kümmerlich, ein Nichts, mit dem sich schwerlich Frieden machen lässt. Wenige Minuten später stand er auf und verließ den Raum.

Bis zur Gendarmerie war es ein ganzes Stück, doch Renato war froh, zu Fuß gehen zu können. Als er sich auf den Weg machte, war es drei Uhr und die Straßen des französischen Örtchens waren menschenleer.

Bei dem nüchternen, von strengen Schieferdächern bekrönten Gebäude angekommen, begab er sich in den zweiten Stock und den Flur hinunter zu Isabelle Ledoux. Er drückte ihr die Hand, sie erkundigte sich, ob er eine gute Reise gehabt habe, und er antwortete, der Flug sei ihm endlos erschienen.

Sie musterten einander schweigend und versuchten sich einen Eindruck vom anderen zu verschaffen. Als die Verlegenheit greifbar zu werden drohte, deutete die Frau auf die Tür neben sich und sagte:

„Er ist dort drin."

Dann ging sie fort.

Renato betrat einen schmucklosen Raum und sah den Jungen mit gesenktem Kopf und baumelnden Beinen auf einem Stuhl sitzen. Mit stockendem Atem nahm er ihn in den Blick, hielt instinktiv in der Bewegung inne und blieb in einigem Abstand stehen. Eine Weile verharrte er so, während ihn der Junge mit einem Blick musterte, in dem Erwartung zu liegen schien. Schließlich fasste er sich ein Herz, ging auf ihn zu, kniete sich vor ihn hin und schaute ihm ins Gesicht. Die fraglose Schönheit des Jungen erschütterte ihn.

„Ciao", sagte der Junge in einem für sein Alter ungewöhnlichen Ton.

„Ciao, Ciro", entgegnete Renato, sich an den Namen, den Isabelle ihm genannt hatte, erinnernd.

„Gabriele hat gesagt, ich soll dich anrufen, wenn ihm was passiert. Er meinte, du würdest mir helfen", haspelte der Junge in einem Atemzug hervor.

„Wie könnte ich dir denn helfen?", fragte Renato und ergriff instinktiv seine Hand.

Mit einer verstohlenen Geste zog der Junge einen Zettel aus der Hosentasche und hielt ihn ihm hin.

Renato warf einen verdutzten Blick darauf und erkannte Gabrieles Handschrift. Zu seiner Überraschung konnte er also noch immer mit seinem Bruder reden.

„Entschuldige mich kurz", sagte er mit zugeschnürter Kehle und verzog sich in eine Ecke, um den Zettel zu lesen.

Ich bin nicht zum Hass, ich bin für die Liebe geboren.

Dort stand nur Antigones berühmter Satz, und Renato las ihn immer und immer wieder und versuchte den zerrissenen Faden seines letzten Gespräches mit Gabriele wiederzufinden.

Schlichte den Konflikt zwischen Gesetz und Liebe: Über eine nunmehr unüberwindliche Distanz hinweg richtete der Bruder abermals diese Bitte an ihn.

Der Staatsanwalt erkundigte sich nach den Toiletten und man wies ihm einen Waschraum am Ende eines langen Flures, wo er sich das Gesicht benetzte und dessen traurige Müdigkeit betrachtete. Während er sein Spiegelbild musterte, erkannte er darin den alten Mann, der zurückblickt wie auf dem berühmten Gemälde Tizians von den drei Gesichtern, die die Tugend der Klugheit zeigten. Ja, die Gerechtigkeit ist *iuris prudentia,* murmelte er leise. Zumindest habe ich mich immer daran gehalten. Doch hier steht etwas anderes auf dem Spiel, und davor kann ich mich nicht drücken, denn sonst würde ich mich der Bitte meines Bruders verweigern und ihn ein zweites Mal umbringen. Ich stecke fest. Gabriele hat mich festgenagelt.

Als er zu dem Jungen zurückkehrte, schien es Renato, als wären ihm der Zweifel und der Schmerz noch deutlicher anzusehen.

„Was haste beschlossen?", fragte Ciro bang.

„Ich werde dir helfen", antwortete Renato fest. „Aber du musst mir erzählen, was passiert ist, und darfst nichts auslassen."

„Und meine Mama, was passiert mit der?“, wollte der Junge wissen.

„Darüber wird das Recht entscheiden“, sagte der Staatsanwalt.

Sie musterten einander lange, als könnten sie die letzten Einzelheiten einer vertrackten, mit Klauseln und Kleingedrucktem gespickte Abmachung mit Blicken klären. Dann nahm der Staatsanwalt ihn bei der Hand, und langsam verließen sie das Zimmer.

Anmerkung

Das Gedicht *Ithaka* von Konstantinos Kavafis ist dem Band *Brichst du auf gen Ithaka ... – Sämtliche Gedichte* in der deutschen Übertragung von Wolfgang Josing entnommen (Romiosini-Verlag, Köln 2009).

Alle anderen Kavafis-Gedichte sind in der Übersetzung von Robert Elsie wiedergegeben (Konstantinos Kavafis, *Das Gesamtwerk*, Fischer Taschenbuch Verlag, Frankfurt am Main 1999).

Die biografischen Anmerkungen zum Dichter sowie die Zitate aus seinen nicht auf Deutsch vorliegenden *Unveröffentlichten Schriften zu Dichtung und Moral* sind eine Übertragung aus der italienischen Übersetzung von *Note di poetica* aus dem Band *Alla luce del giorno. Note di poetica* (übersetzt und herausgegeben von Renata Lavagnini, Novecento, Palermo 1987).

Der Satz „Von Zeit allein kann man sich nicht ernähren, ohne Tod zu essen" stammt aus Anna Maria Orteses Essay *Cristo e il tempo,* in *Da Moby Dick all'Orsa bianca. Scritti sulla letteratura e sull'arte*, herausgegeben und mit einem Essay versehen von Monica Farnetti, Adelphi, Mailand 2011 (nicht in deutscher Übersetzung vorhanden). Die Verse aus *Little Gidding* von T. S. Eliot sind in der deutschen Übersetzung von

Norbert Hummelt wiedergegeben (T. S. Eliot: *Vier Quartette – Four Quartets*, übertragen und mit einem Nachwort versehen von Norbert Hummelt, Suhrkamp Verlag, Berlin 2015).

Die Verse „Und gerade wir, die behüten sollten / Haben sie verloren“ stammen von Alba Donati (aus *Non in mio nome*, in *Tu, paesaggio dell'infanzia. Tutte le poesie*, La nave di Teseo, Mailand 2018). Der Vers „Sollt' ich nicht wiederkehren / dann wisset / nie war ich fort“ entstammt dem Gedicht *Biglietto lasciato prima di non andar via* von Giorgio Caproni, *Poesie 1932–1986*, Garzanti, Mailand 1991.

Das im Schlussteil zitierte Lied ist das berühmte *Waiting for the Sun* von den Doors, die Verse sind ein Zitat aus dem zweiten Track ihres fünften Albums, das am 9. Februar 1970 herauskam. Die Übersetzung der Strophen lautet ungefähr folgendermaßen: „Beim ersten Strahl von Eden / rennen wir runter zum Meer / stehen da, an der Küste der Freiheit / Warten auf die Sonne / Warten auf die Sonne / Warten auf die Sonne // Kannst du es spüren, jetzt, wo der Frühling da ist / Es ist Zeit, in der flirrenden Sonne zu leben // Warten auf die Sonne / Warten auf die Sonne / Warten auf die Sonne / Warten auf die Sonne / Warten / Warten / Warten / Warten“.

Es wäre unmöglich, an dieser Stelle die schier unendliche Bibliografie zu Konstantinos Kavafis wiederzugeben, doch möchte ich zumindest meine Dankbarkeit für den Essay ausdrücken, den Marguerite Yourcenar ihm gewidmet hat, *Présentation critique de Constantin Cavafy* (enthalten in *Sous Bénéfice d'inventaire*, Gallimard, Paris 1978), sowie für den Text von Joseph Brodsky (*Das Lied des Pendels*, in *Flucht aus Byzanz*, Fischer Taschenbuch Verlag, Frankfurt am Main 1991), in dem sich die berühmte Definition des „sinnlichen Extremisten“ findet und in dem der große russische Dichter den Vergleich zwischen Kavafis’ Dichtung und dem Schwingen eines Pendels anstellt, von dem dieser Roman inspiriert ist: „Früher oder später lernt das Pendel die Grenzen kennen, die seine Einfassung ihm setzt. Außerstande, über die Wände hinauszuschwingen, vermag das Pendel jedoch, kurze Blicke auf das Außenreich zu werfen und einzusehen, dass sein Dasein Dienen ist, und dass die ihm auferlegten Schwingrichtungen vorherbestimmt sind, dass sie von der Zeit regiert werden: wenn nicht vom Vergehen, dann vom Fortschreiten.“

Ich danke Renata Colorni, Franco Marcoaldi und Salvatore Silvano Nigro für ihren wertvollen Rat. Ohne die Hilfe von Ruggero Cappuccio und Gianfelice Imparato, der geduldigen und liebevollen Einführung in die Tiefen des Neapolitanischen, hätte ich diesen Roman nicht in die Welt entlassen können. Und mein Dank gilt Marco Vigevani, Elisabetta Sgarbi und Eugenio Lio für die liebevolle und umsichtige Begleitung während des Schreibens, sowie Federica Matteoli für die sorgfältige und gewissenhafte Zusammenarbeit.

Last but not least möchte ich aufs Neue meiner Frau Lia Pasqualino und meiner Tochter Giulia danken, die streng und überaus zärtlich über meine Arbeit gewacht haben.

R. A.

Zitatnachweis

S. 5 Anna Maria Ortese: *Neapel liegt nicht am Meer*, aus dem Italienischen von Marianne Schneider, Friedenauer Presse, Berlin 2019

S. 5 Elias Canetti: *Die Fliegenpein – Aufzeichnungen*, Carl Hanser Verlag, München 1992

S. 23 Konstantinos Kavafis: *Monotonie*. Aus: *Kostantinos Kavafis – Das Gesamtwerk*, Fischer Taschenbuch Verlag, Frankfurt am Main 1999, S. 70

S. 35 Konstantinos Kavafis: *Endgültigkeiten*. Aus: *Kostantinos Kavafis – Das Gesamtwerk*, Fischer Taschenbuch Verlag, Frankfurt am Main 1999, S. 77

S. 45 Konstantinos Kavafis: *Weise aber das Nahende*, 1915
Aus: *Kostantinos Kavafis – Das Gesamtwerk*, Fischer Taschenbuch Verlag, Frankfurt am Main 1999, S. 90

S. 57 Konstantinos Kavafis: *Weise aber das Nahende*, 1915
Aus: *Kostantinos Kavafis – Das Gesamtwerk*, Fischer Taschenbuch Verlag, Frankfurt am Main 1999, S. 90

S. 64 Konstantinos Kavafis: *Verborgenes*

S. 67 Konstantinos Kavafis: *Damit sie kommen –*
Aus: *Kostantinos Kavafis – Das Gesamtwerk*, Fischer Taschenbuch Verlag, Frankfurt am Main 1999, S. 120

S. 79 Konstantinos Kavafis: *Weise aber das Nahende*, 1915
Aus: *Kostantinos Kavafis – Das Gesamtwerk*, Fischer Taschenbuch Verlag, Frankfurt am Main 1999, S. 90

S. 82 Aus: *Leben des Benvenuto Cellini: von ihm selbst geschrieben.* Übersetzt von J. W. Goethe

S. 91 Konstantinos Kavafis: *Julian in Nikomedia*
Aus: *Kostantinos Kavafis – Das Gesamtwerk,* Fischer Taschenbuch Verlag, Frankfurt am Main 1999, S. 134

S. 96 Aus Gilbert Keith Chesterton: *Die drei Reiter der Apokalypse,* in *Die Paradoxe des Mr. Pond und andere Überspanntheiten,* deutsch von Boris Greff und Matthias Marx, Die Andere Bibliothek, Berlin 2012

S. 103 Konstantinos Kavafis: *Unterbrechung*
Aus: *Kostantinos Kavafis – Das Gesamtwerk,* Fischer Taschenbuch Verlag, Frankfurt am Main 1999, S. 61

S. 115 Frei nach: *Das Gemälde*

S. 117 Aus Konstantinos Kavafis: *Unveröffentliche Schriften zu Dichtung und Moral.* Keine deutsche Übersetzung vorhanden.

S. 120 Aus Friedrich Dürrenmatt: *Das Sterben der Pythia*

S. 120 D. F. Wallace: *Interviews mit fiesen Männern, Kirche, nicht von Menschenhand erbaut,* Deutsch von Clara Drechsler, Kiepenheuer & Witsch, Köln 2002

S. 125 Aus T. S. Eliot: *Little Gidding,* ins Deutsche übertragen von Norbert Hummelt, in *Vier Quartette / Four Quartets,* Suhrkamp Verlag, Berlin 2015

S. 126 Das Gesicht des Wahnsinnigen
habe ich für dich gezogen
die Grimasse des Irren
setze ich für dich auf …
Ich habe dreihundert Kutschen verkauft,

dreihundert Paläste …
das Gesicht des Irren …
habe ich für dich gezogen!
Wie ist mir der Kopf schwer, ach!
Wie ist mir der Kopf schwer, ach!
Kopf hoch!
Was ist?
Kopf hoch!
Was ist?

S. 129 Konstantinos Kavafis: *Ithaka*
Aus: *Kostantinos Kavafis – Das Gesamtwerk*, Fischer Taschenbuch Verlag, Frankfurt am Main 1999, S. 80

S. 136 Anna Maria Ortese: *Neapel liegt nicht am Meer*, aus dem Italienischen von Marianne Schneider, Friedenauer Presse, Berlin 2019

S. 141 Konstantinos Kavafis: *Che fece … il gran rifiuto*
Aus: *Kostantinos Kavafis – Das Gesamtwerk*, Fischer Taschenbuch Verlag, Frankfurt am Main 1999, S. 59

S. 145 Alba Donati: *Non in mio nome*, keine deutsche Übersetzung vorhanden.

S. 153 Konstantinos Kavafis: *Demetrios Soter*
Aus: *Kostantinos Kavafis – Das Gesamtwerk*, Fischer Taschenbuch Verlag, Frankfurt am Main 1999, S. 116

S. 157 Konstantinos Kavafis: *Auf der Treppe*
Aus: *Kostantinos Kavafis – Das Gesamtwerk*, Fischer Taschenbuch Verlag, Frankfurt am Main 1999, S. 191

S. 163 Konstantinos Kavafis: *Er fragte nach der Qualität*
Aus: *Kostantinos Kavafis – Das Gesamtwerk*, Fischer Taschenbuch Verlag, Frankfurt am Main 1999, S. 163

S. 167 *Fenster, du strahltest und strahlst nicht mehr, (…) stets weinte sie, weil sie allein schlief, nun schläft sie bei den Toten.* Lied von Vincenzo Bellini und Giulio Genoino, 1842

S. 169 Konstantinos Kavafis: *Am Abend*
Aus: *Kostantinos Kavafis – Das Gesamtwerk*, Fischer Taschenbuch Verlag, Frankfurt am Main 1999, S. 101

S. 179 Konstantinos Kavafis: *Verwirrung*
Aus: *Kostantinos Kavafis – Das Gesamtwerk*, Fischer Taschenbuch Verlag, Frankfurt am Main 1999, S. 173

S. 183 Deutsche Übersetzung von Verena von Koskull.

S. 185 Charles Baudelaire

S. 187 Anna Maria Ortese: *Neapel liegt nicht am Meer*, S. 72

S. 199 Konstantinos Kavafis: *Das Meer am Morgen*
Aus: *Kostantinos Kavafis – Das Gesamtwerk*, Fischer Taschenbuch Verlag, Frankfurt am Main 1999, S. 90

S. 211 Giorgio Caproni: *Biglietto lasciato prima di non andar via.* Keine deutsche Übersetzung vorhanden.

S. 213 Deutsche Übersetzung von Verena von Koskull.

S. 220 Sophokles: *Antigone*

S. 222 Aus: Anna Maria Ortese, *Da Moby Dick all'Orsa Bianca*

S. 223 Alba Donati: *Non in mio nome*, keine deutsche Übersetzung vorhanden.

S. 223 Giorgio Caproni: *Biglietto lasciato prima di non andar via.* Keine deutsche Übersetzung vorhanden.

S. 224 Aus Joseph Brodsky: *Flucht aus Byzanz – Essays. Das Lied des Pendels.* Aus dem Amerikanischen von Karsten Witte. Fischer Taschenbuch Verlag, Frankfurt am Main 1991

Dossier

„Vielleicht bin ich ein Moralist, ich kann es nicht verbergen, aber ich habe nicht die Fähigkeit, den moralischen Aspekt vom kontextuellen zu trennen. Die Kriminalität fasziniert mich nicht, wahrscheinlich deshalb nicht, weil ich die für meine Entwicklung prägendsten Jahre in Palermo verbracht habe, in denen viele Menschen starben. Menschen, die sich alle verpflichtet hatten, Palermo von der Mafia zu befreien, wie Dalla Chiesa. Besonders aus diesem Grund hatte die Geschichte des organisierten Verbrechens nie einen Reiz für mich. … Es gibt einen moralischen Blick, eine Distanzierung, die die Erzählung jedoch nicht verhindert.“

Roberto Andò im Gespräch mit *Huffington Post*, 10. 5. 2018

Roberto Andò

Er ist 1959 in Palermo geboren und dort aufgewachsen. Er ist Schriftsteller, Film-, Theater- und Opernregisseur sowie Filmkritiker.

Seine Arbeiten sind schon früh von der Literatur geprägt. Eine zentrale Rolle spielt dabei seine Freundschaft mit Leonardo Sciascia, seinem Mentor. Andò lernt ihn im Alter von 19 Jahren in Palermo kennen, als er einen Film über den exzentrischen Dichter Lucio Piccolo, einen Cousin von Giuseppe Tomasi di Lampedusa, drehen will. Sciascia drängt ihn zum Schreiben. Nach dem Studium der Philosophie arbeitet er als Regieassistent mit Francesco Rosi, Federico Fellini *(Schiff der Träume)*, Michael Cimino *(Der Sizilianer)* und Francis Ford Coppola *(Der Pate III)*.

Seine erste Regiearbeit fürs Theater ist die Inszenierung eines unveröffentlichten Textes über Andrea Zanzotto, der ihm von Italo Calvino anvertraut wird: *La foresta-radice-labirinto* (1986). Es folgen Inszenierungen zu vielen literarischen Werken, *La sabbia del sonno* nach einem Gedicht von Lucio Piccolo (1990), *Il caso Kafka* zu Leben und Werk Franz Kafkas, Arbeiten zu Harold Pinter, Bertolt Brecht, Elias Canetti, Paul Auster, Yasmina Reza, Laurent Mauvignier u. v. a.

1995 präsentiert er seinen ersten Spielfilm *Diario senza Date*, eine Mischung aus Essay, Dokumentation und Fiktion über Palermo, in dem neben Protagonist*innen wie Bruno Ganz oder Lorenza Indovina, Moni Ovadia, Franco Scaldati auch die Schriftsteller Leonardo Sciascia und Vincenzo Consolo sowie drei Richter zu sehen sind. 1999 entsteht

Il manoscritto del Principe über die letzten vier Lebensjahre von Giuseppe Tomasi di Lampedusa, der von der internationalen Kritik hoch gelobt wird.

In der Zwischenzeit wechselt sich seine filmische Tätigkeit mit zahlreichen Opern- und Theaterproduktionen ab. Mit dem Film noir *Sotto falso nome* (mit Daniel Auteuil) wird das Schreiben wieder zum Thema. 2006 präsentiert er den Film *Viaggio segreto*.

2012 veröffentlicht er seinen ersten Roman *Il trono vuoto*, mit dem er den Premio Campiello Opera Prima gewinnt und den er 2013 unter dem Titel *Viva la libertà* verfilmt, in der Hauptrolle Toni Servillo (bekannt aus *La Grande Bellezza*).

2018 inszeniert Andò *Conversazione su Tiresia*, den einzigartigen und letzten großen theatralen Auftritt von und mit Andrea Camilleri 2018 im griechischen Theater von Syrakus.

Seit Januar 2020 ist Roberto Andò Direktor des Teatro Stabile di Napoli Mercadante, wo er zurzeit *Heldenplatz* von Thomas Bernhard inszeniert.

2020 erscheint der Roman *Il bambino nascosto*, für den er im September 2020 den Premio letterario Raffaello Brignetti erhält.

Der Film, der 2021 in die Kinos kommt, hat in den Hauptrollen den neapolitanischen Schauspieler Silvio Orlando als Musikprofessor Gabriele Santoro und den unter 1000 Schülern ausgewählten Giuseppe Pirozzi als Ciro.

Roberto Andò
im Gespräch mit Marialuise Thurner*

Ihr Roman erzählt von der Begegnung zweier sehr unterschiedlicher Personen. Verschieden in Alter, Herkunft, Denken und Sozialisierung. Die einzige Gemeinsamkeit: Sie leben im selben Viertel, im selben Haus. Nichtsdestotrotz entwickelt sich – aus unvorhersehbaren Gründen – eine sehr enge und intensive Beziehung zwischen dem scugnizzo, dem Straßenjungen Ciro, und dem Musiklehrer Gabriele Santoro. Woher rührt die Idee zu diesem Buch?

Es ist sehr schwer zu sagen, woher die Ideen kommen. Ich glaube, das erste Bild zu diesem Roman war das eines Kindes, dem es gelungen ist, sich im Haus eines Unbekannten zu verstecken. Ja, eines Morgens hat mir dieses Bild eines zehnjährigen Jungen vor Augen geschwebt, der die Gelegenheit einer offenen Tür wahrnimmt, um sich in der Wohnung des Nachbarn zu verstecken. Und dann habe ich mir überlegt, wie und wer die Person sein könnte, die ihn aufnimmt und beschützt. Allmählich hat Gabriele Gestalt angenommen, ein Klavierlehrer und Einzelgänger. Ich bin in Palermo geboren, ein Stadt-Archipel wie Neapel, wo der Schrecken und das Erhabene ganz eng beieinander wohnen und wo es vorkommen kann, dass im selben Gebäude ein Fürst, ein Verbrecher, ein Professor und eine Prostituierte wohnen. Ich glaube, die ursprüngliche Idee war die, zu erzählen, wie ein unvorhersehbares Ereignis ins Leben eines Menschen hereinbricht, der sich mit der Einsamkeit abgefunden hat, angesiedelt in einer Stadt, in der das Verbrechen Gesetz ist.

Der Klavierlehrer Gabriele Santoro lebt in völliger Abgeschiedenheit in einem der historischen, dicht bevölkerten Viertel von Neapel, versunken in seine Welt aus Literatur, Musik und Alltagsritualen – sogar die morgendliche Rasur begleitet er mit der Rezitation von Gedichtversen.

Gabriele ist ein Mensch, der in einer Art schlafwandlerischem Zustand lebt. Er ist ein Intellektueller, der einen regen Austausch mit sich selbst führt, aber keinen Kontakt zu der ihn umgebenden Welt hat. Da er an diesen Zustand gewöhnt ist, nimmt er die Komplexität der Welt wortlos in sich auf. Dies entspricht einem Bild, wie ich es von vielen Intellektuellen und Musikern kenne. Neben der Musik liebt er die Poesie, vor allem die Verse des Dichters Kavafis, der uns lehrt, dass das wahre Leben jenseits der Masse und der mondänen Geschäftigkeit zu finden ist. Kavafis ist ein von vielen Schriftstellern und Dichtern, wie Forster, Pasolini, Brodskj, Yourcenar, sehr geschätzter Autor. Gabriele erkennt sich in dessen Welt wieder, seine Verse dienen ihm als eine Art existenzieller Anleitung, als Kompass, um sich in der Welt seiner tiefsten und intimsten Empfindungen zu orientieren. Anna Maria Ortese ist eine meiner Lieblingsautorinnen, ihre Poetik entwickelt sie aus dem, was sie *die Unerträglichkeit des Realen* nennt, ein Konzept, das mir sehr nahe ist. Ihr Buch *Neapel liegt nicht am Meer* ist ein Meisterwerk und hat mir eine neue Sicht auf den Süden und auf das Innenleben Neapels eröffnet, einer Stadt, in der ich seit einem Jahr als Direktor des *Teatro Nazionale* viel Zeit verbringe. Die lyrischen Zeilen, die Romanfragmente und die Musikstücke, die ich in meinen Roman einfließen lasse, haben eine erzählerische Funktion und sollen die Gedanken des Protagonisten auf andere Weise zur Sprache bringen.

Der Musiklehrer findet sich in seiner Wohnung unerwartet dem Sohn des Nachbarn gegenüber. Ohne nach einem Grund zu fragen nimmt er ihn auf. Warum?

Er nimmt ihn instinktiv auf, weil er die Angst dieses Kindes sieht, ohne darüber nachzudenken, dass es kein Zurück gibt. Aber er fragt das Kind mehrmals, warum und wovor es flüchtet, ohne eine Antwort zu bekommen. Als er auf Umwegen den Grund der Flucht erfährt, erkennt er, dass der Schutz und die Rettung Ciros nicht delegiert werden können und dass das Gesetz, verkörpert durch den Bruder, einen Richter, seine Hände in Unschuld wäscht. Gabriele nähert sich dann dem Kind auf eine andere Weise und nach anfänglichem Misstrauen entwickelt sich allmählich eine Bindung und eine tiefe Beziehung. Das Kind lässt ihn eine unbeschreibliche Kraft wiederentdecken, vergleichbar nur mit der Vaterliebe. Jemand hat gesagt, dass die Literatur der Ort der Brüche ist, die nicht mehr gekittet werden können. Ciro, das versteckte Kind, ist einer dieser Brüche. Mich interessiert seit jeher die *Zona franca*, in der Gesetzmäßigkeiten außer Kraft gesetzt, die menschlichen wie moralischen Grenzen überwunden werden, um jemanden auf einem Floß in Sicherheit zu bringen. Die Kultur ist auch dies. Auf jeden Fall sind das die kulturellen Beweggründe, dann gibt es noch andere, die schwieriger zu benennen sind und meist unausgesprochen bleiben.

Forcella ist ein lebendiges Viertel im Herzen Neapels und es ist von der Camorra verseucht. Die Presse spricht von Jugendbanden und „Babykillern". Die Kriminalität wird immer jünger. Soll man hier von Kriminellen oder von Opfern sprechen? Wie hat sich die Camorra und wie die Mafia im Allgemeinen verändert?

Die Kriminalität ist ohne Wenn und Aber zu verurteilen, aber es bleibt die Frage, warum es dem italienischen Staat nicht gelungen ist, diesen sehr jungen Kriminellen, die heute schon eine Art Armee des organisierten Verbrechens bilden, eine andere Perspektive zu geben. Ein zehnjähriges Kind ist auf jeden Fall ein Opfer, welche Tat auch immer es begangen haben mag. Die verschiedenen Mafias bilden heute, trotz der Unterschiede, einen Staat im Staat, sie sind Organismen, die das Leben von Territorien regeln, wo das Gesetz nicht oder nur unzureichend hineinreicht. Ich habe den Roman in Neapel und nicht in meiner Heimatstadt Palermo angesiedelt, weil die Camorra eine instabilere und anarchischere Struktur hat als die Mafia, die, wie wir vom Kronzeugen Buscetta wissen, eine streng hierarchische, pyramidenförmige Organisationsform aufweist. Aber was die Verhaltenskodizes betrifft, sind alle Mafias gleich abscheulich, es gibt keine Grenzen in puncto Bosheit und Grausamkeit.

Wie verorten Sie und Ihr Roman sich dem Verbrechen gegenüber?

Ich glaube, das ist ganz klar und eindeutig. Aber ich hinterfrage das Verbrechen anders, als es seit *Gomorrha* Mode geworden ist. Das Buch habe ich sehr bewundert, es hat aber ungewollt eine Art von *storytelling* unterstützt, das Gefahr läuft, die Camorra zu verherrlichen. In meinem Roman ist das

Verbrechen nur ein Hilfsmittel, um den Menschen, seine Handlungen, seine Machtlosigkeit zu verstehen.

In einem Interview erzählen Sie von einem einige Zeit zurückliegenden Vorfall in Sizilien, bei dem eine Frau von einer Gruppe von Kindern ausgeraubt wurde. Es war die „unberührbare" Mutter eines Santapaola. Wurden Sie von dieser Geschichte inspiriert?

Ja, in dem genannten Interview habe ich an eine Begebenheit aus den 1980er-Jahren erinnert. Nach dem Überfall der Babygang auf die Mutter des Bosses Nitto Santapaola sind Kinder aus Catania ermordet worden, ohne dass deren Familien jemals ihr Verschwinden angezeigt hätten. Als die Medien den Fall aufgriffen, war ich sehr erschüttert und habe mir viele Details notiert, die nach und nach zutage gekommen sind.

Wie sehen Sie das Verhältnis von Barmherzigkeit und Kreativität (die wir bei Gabriele vorfinden) zu Recht und Gesetz, die durch den Richter-Bruder verkörpert werden?

Der Konflikt zwischen den beiden Brüdern ist der Konflikt zwischen Kreon und Antigone. Antigone will ihren Bruder, der beim Angriff auf die Stadt getötet worden ist, begraben, doch der Tyrann setzt seine Verordnungen dagegen, mit der Begründung, dass ein Feind Feind bliebe, auch wenn er tot sei. Antigone findet sich nicht damit ab, daher die große Anziehungskraft ihrer Figur für die westliche Welt. Die Tragik der *Antigone* von Sophokles liegt nicht so sehr in der radikalen Verschiedenheit zweier Menschen mit gegensätzlichen Prinzipien: auf der einen Seite das Gesetz des Staates – mit seiner Geschichtlichkeit, Veränderlichkeit, dem positiven Recht der modernen

Rechtsprechung –, auf der anderen Seite das ungeschriebene, ewige Gesetz der Pietàs, des Mitleids, und des Bewusstseins, das Naturgesetz. Die Tragik dieses 442 v. Chr. in Athen uraufgeführten Stücks steckt in der Unlösbarkeit dieses Konflikts, und dieser Widerspruch hört nicht auf, uns zu begeistern.

Sie waren eng mit Leonardo Sciascia befreundet, diesem großen Humanisten. In einem Gespräch sagten Sie: „Sciascia stand außerhalb der Norm. Ein Mann mit einer einzigartigen Leidenschaft für das zivile Leben, was in der italienischen literarischen Tradition sehr ungewöhnlich ist". Sehen Sie sich in seiner Tradition?

Ja, Sciascia hat mir sehr viel bedeutet. Ich habe ihn in Palermo kennengelernt, als ich sehr jung war und keine Orientierung hatte. Er war der Erste, der mich nach meinem Schreiben gefragt hat, der Erste, der meine frühen Texte gelesen und mich ermutigt hat, diese zu publizieren. Er war ein Schriftsteller jenseits jeglicher Kategorisierung. Die Kritiker nennen häufig seinen Namen, wenn sie über meine Romane oder meine Filme reden, was mich freut. Ich glaube, sein großes Erbe liegt darin, dass er ein „unechter" Erzähler war, dessen Erzählstil zum Essay neigt. Und darin, dass er von der italienischen Zivilgesellschaft, von der Mafia, von der Politik mit der Leidenschaft eines Moralisten erzählt hat. Aber er hat keine Tradition begründet, er war einzigartig als Autor.

Sie sind ein renommierter Regisseur und Dramaturg von Theaterstücken und Filmen. Sie haben mit bekannten Schauspielern wie Toni Servillo und Silvio Orlando gedreht (Letzterer spielt den Klavierlehrer im aktuellen Film). Auf welche Weise nimmt die Arbeit am Film Einfluss auf Ihre Arbeit als Autor?

Das ist eine schwierige Frage. Ich müsste entscheiden, ob zuerst das Schreiben oder der Film kommt, aber das ist unmöglich. Ich bin im italienischen Panorama eher atypisch, weil ich mich mit Film, Theater, Oper und Literatur beschäftige. Nur Pasolini hat sich in dieser Breite betätigt, ohne hier einen unangemessenen Vergleich anstellen zu wollen. Wir sind immer von dem beeinflusst, was wir lieben, und das Kino ist eine Kunstform, die sich längst in unserem Leben eingenistet hat. Es ist so verwoben mit unserem Leben, dass Don DeLillo kürzlich angemerkt hat, es sei im Laufe der Zeit zu einer Form von Erinnerung geworden, die sich mehrdeutig zu unserem Erleben geselle und unsere intimsten Erinnerungen einem Katalog von Bildern überantwortet. Harold Pinter hat über diese Verwirrung der Bilder aus dem Leben mit den Bildern aus dem Film ein Stück geschrieben, das ich auch inszeniert habe, *Old times.* Darin versuchen drei Personen, ausgehend von ihren unsicheren, widersprüchlichen Erinnerungen an den Film *Odd Man Out*, den zwiespältigen Sinn einer Dreierbeziehung zu verstehen, einer Liebesbeziehung, die es vielleicht wirklich gegeben hat oder die vielleicht nur eingebildet war. Aber Pinter verrät uns am Ende, dass eine der drei Personen schon tot ist.

* Marialuise Thurner betreut die Pressearbeit im Folio Verlag.

„Il bambino nascosto“

© Shutterstock

Ciro, dargestellt von Giuseppe Pirozzi

Der Musiklehrer Gabriele Santoro, dargestellt von Silvio Orlando

Roberto Andò © mauritius images/TCD/Prod.DB/Alamy

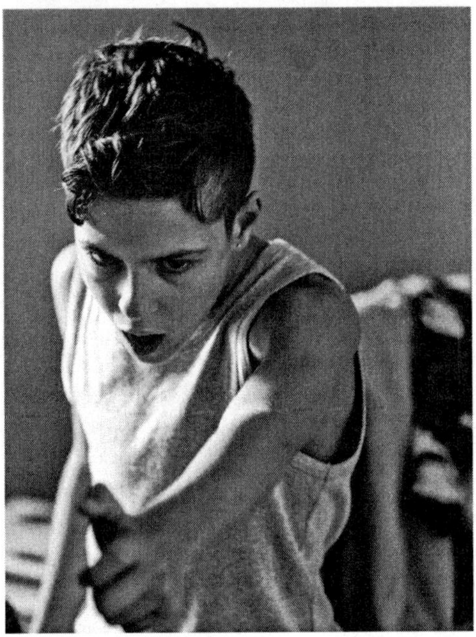

© mauritius images/Donato r/Alamy

Alle Bilder, wenn nicht anders angegeben, hat Lia Pasqualino gemacht und sind Aufnamen vom Set zum Film „Il bambino nascosto“ in der Regie von Roberto Andò.

TransferBibliothek CLV
Die Originalausgabe ist 2020 unter dem Titel *Il bambino nascosto* bei La nave di Teseo editore, Mailand erschienen.

Die Drucklegung erfolgte mit freundlicher Unterstützung durch die Abteilung für deutsche Kultur in der Südtiroler Landesregierung.

AUTONOME PROVINZ BOZEN SÜDTIROL
PROVINCIA AUTONOMA DI BOLZANO ALTO ADIGE
Deutsche Kultur

Der Umschlag zeigt ein Standfoto aus den Dreharbeiten zum Film *Il bambino nascosto* unter der Regie von Roberto Andò und stammt von © Lia Pasqualino.

Grafische Gestaltung: Dall'O & Freunde
Druckvorbereitung: Typoplus, Frangart
Printed in Europe

ISBN 978-3-85256-826-3

www.folioverlag.com

E-Book ISBN 978-3-99037-118-3